世界少年经典文学丛书

疯子小松鼠

[苏]比安基 著

姜春香 编译

中国出版集团 现代出版社

图书在版编目(CIP)数据

疯子小松鼠／（苏）比安基著；姜春香编译. —北京：现代出版社，2013.2

ISBN 978 - 7 - 5143 - 1285 - 0

Ⅰ.①疯…　Ⅱ.①比…②姜…　Ⅲ.①童话 - 苏联 - 缩写
Ⅳ.①I512.88

中国版本图书馆 CIP 数据核字（2013）第 021904 号

作　　者	比安基
责任编辑	李　鹏
出版发行	现代出版社
通讯地址	北京市安定门外安华里 504 号
邮政编码	100011
电　　话	010 - 64267325　64245264（传真）
网　　址	www.xdcbs.com
电子邮箱	xiandai@cnpitc.com.cn
印　　刷	三河市嵩川印刷有限公司
开　　本	700mm×1000mm　1/16
印　　张	9
版　　次	2013 年 2 月第 1 版　2021 年 8 月第 3 次印刷
书　　号	ISBN 978 - 7 - 5143 - 1285 - 0
定　　价	29.80 元

序　言

　　孩子是未来的希望，是父母心中的天使，是充满快乐的精灵。小学阶段更是孩子最快乐的时光，是孩子成长发育的黄金阶段。为了让孩子学习更多的课外知识，享受更加丰富的学习乐趣，我们策划了本丛书！

　　从小让孩子多读课外书，对培养孩子健康的心态和正确的人生观无疑将起着非常重要的作用。自《语文课程标准》公布以来，不少富有敬业精神、有才干的教师，在他们的教学中，担当起阅读教育的重担。他们在严谨的选材中，利用丰富的文学资源，向学生推荐了大量优秀的课外读物，实施了以"练成阅读和作文的熟练技能"为重要内容的阅读教育。大千世界充满了丰富的知识。阅读能丰富小学生的语文知识，增强阅读能力，提高写作水平，开阔视野，增长智慧。阅读本丛书，能够使孩子享受到阅读的快乐，激发起更浓厚的阅读兴趣，孩子的生活将充满新的活力与幸福！本丛书精选了世界名著和中国经典书目中流传最广、影响最大、最脍炙人口的作品，是培养小学生理解能力、记忆能力、创造能力的最佳课外读物。

　　最后需要指出的是，本丛书把世界上流传甚广的经典童话、寓言等也尽收其中，并将这些文学作品重新编写审订，使作品在不影响原著的基础上更适合少年儿童阅读，在丰富他们课余生活的同时提高语言和文字表达能力。本丛书通过科学简明的体例、丰富精美的图片等有机结合，使小读者不仅能直观地领略作品的精髓，而且还能获得更为广阔的文化视野和愉快体验。希望本丛书能成为孩子生活的一缕阳光照亮孩子前进的道路，能成为一丝雨露滋润孩子纯净的心灵。

编　者

目 录

疯子小松鼠

那天，我带着小儿子去森林采蘑菇。我们刚从乡村的大道拐进林中小路，就见一条叫克廖巴尔达的狗迎面从森林走出来。这是条凶猛的狗，看起来和狼没什么区别！

儿子走得很快，一会就到了我的前面。他想掉头朝我奔过来，但给我及时喝住了："别跑！走你的"。我加快步伐，赶上了儿子，拉着他的手，并排着往前走。我们随身没带武器，连根棍儿也没有，有的只是两只普通的篮子。没有东西可以自卫。

而那只狗离我们已经只有几步远了，或者我们给它让路，或者它给我们让路，二者必居其一；而小路很窄，两边一片泥泞。

"快走，别害怕，也别犹豫！"我牢牢攥紧儿子的手，尽可能显得轻松愉快地说。

克廖巴尔达停下脚步，默默地龇出牙来。关键的瞬间我更加坚定地迈出了步子——一步、两步、三步……

那条凶猛的狗突然往旁边一跳，在深深的泥潭里挣扎着从我们身边擦了过去。

我放开了小儿子的手。

"瞧见没有？你还想逃跑呢！"

"啊，吓死我了！"

"逃跑更可怕。"

我们这时已经到达森林，因而也就很快忘却了这一意外的遭遇。

前一天下了一整天雨，蘑菇很多。

起初，我们什么蘑菇都摘：红蕈、桦蘑、牛杆菌，都要。但随着往森林深处走去，枞树和松树下开始出现白蘑菇，于是我们对别的蘑菇就瞧不上眼了。

太阳刚升上树梢，在阳光的映照下，整个森林在放光，在欢娱，在微笑。所有的灌木，所有的枞树都像蒙着一层水帘的面纱，上边缀满了珍珠般可爱的小水珠。

每一棵草茎，每一片树叶，那点点滴滴的水珠，如细眼，似繁星，在上面变幻闪烁，五彩缤纷。一会儿，我们浑身都湿透了，但我们仍跪到了地上，用双手扒拉开湿漉漉的苔藓，从下面拔出小小的矮脚蕈——一种真正的细牛杆菌来：鼓肚的小矮脚，上面顶着个小黑帽。随后，我们再往前赶路，寻找新的蘑菇窝。

我们走着走着，是那样地专心致志，竟没发现我们已经深入森林，来到了一片面积不大的林中旷地的边缘啦。

"妈妈，别动！"突然，小儿子悄悄对我说，同时一把抓住了我的手，"瞧，小松鼠！"

在旷地的那一边，有一只可爱的小松鼠，拖着根细细的小尾巴，在松树枝上跳来跳去。

那只可爱的小松鼠在树枝上跳来跳去，往下溜，有一忽儿消失不见了，等到突然再看到它时，却已经在地上向一棵白桦树跳去啦，旷地中央靠近我们这边有一丛灌木，再靠近些——是孤零零一棵白桦树，旁边分明长着一个细高条小帽顶的白桦蘑。

"啊！"我把小儿子拉到附近的几株小枞树后面，以免惊动了小松鼠。

"你听我说，小松鼠想尝这只蘑菇，大概都想疯了，竟到地面上来啦，多可怕，万一被别人发现，把它一把抓住了呢?!"

"没错！它大概饿疯了。"小儿子表示同意。

小松鼠刚刚跳近白桦树，还没来得及啃蘑菇呢——突然，在横头草丛中不知打哪冒出了个狐狸来！并且正朝小松鼠扑去！我们不由"啊"地一声叫了起来。

好在小松鼠及时察觉发现了危险，一个转身——三跳两跳就上了白桦树。

转眼间小松鼠已经盘树而上，躲到桦树最顶端，吓得缩成了一团。狡猾的狐狸失算了，什么也没捞上，小儿子高兴得都想鼓起掌来，但我没让，小声对他说："等等，事情还没完呢。我看这只狐狸有点经验，是只老狐狸，它不会就此罢休的。"

我看到小松鼠刚一闪身上树，躲过了狐狸，那狐狸马上就收住四条腿，装出一副冷漠的姿态，转身离开白桦树，向林边走去，甚至都没抬头往上看一眼，仿佛它从来就没对小松鼠产生过兴趣，它之所以冲刺一下也并无目标，而只是随便闹闹，如此而已。

但我发现它眼中闪着凶光，嘴巴张得大大的，一直豁到了耳边。我一看便知狐狸又在玩什么花样了。的确，狐狸并没有走到林边，它突然一下子钻进了那株白桦树和旷地边缘之间的灌木丛，消失不见了。

小儿子悄声说，"瞧这老滑头，打埋伏去啦。"现在这小松鼠可怎么回家去呢？要知道它回林中去必须经过这丛灌木呀。

"问题的关键也就在这儿呢。"我悄声说，"它逃不过狐狸的牙齿……可是……你瞧，小松鼠它好像想出什么对策来了。"

在白桦树一根白色的枝条上，茂密的叶子中间，依稀可辨有一小团栗色的东西，它动了，伸展开来，又重新变成了一只小松鼠。小松鼠伸直了脖子，转动着脑袋，往四下里仔细张望，观察了很长时间。但是，从树冠那儿确实也看不见狐狸，因此它也就小心翼翼、悄然无声地沿着一根根树枝往下溜了。跳一跳——东张西望一下；又跳一跳——伸长了小细脖，往下偷偷看一眼。

儿子着急的要命，悄声说："唉，笨蛋，笨蛋！你看它就要跳下地了，我们快点去把狐狸赶跑了吧！""等等，等等。"我悄声说，"让我们来看看这事情怎么了结吧。"

小松鼠已经下到了白桦树半中腰的一根树枝上——可就在这时，它突然屏息不动了，又突然浑身战栗，发起抖来，一个劲儿地跳！

"它看见了，它看见了！"小儿子悄声说。

有一根头上带点白的火红色圆筒柱物——狐狸尾巴——从灌木丛中露了出来，小松鼠也发现了这玩意儿！

"嗨，狐狸老兄！"我心里想，"胜利的号角吹得太早啦！你以为，这就是你口中稳拿的小松鼠啦?！不料你那尾巴一炫耀，就暴露了你自己啦。"

狐狸尾巴尖立即消失在灌木丛中了。

但是小松鼠却怎么也无法平静下来，它气得浑身发抖，吱吱尖叫着，好像在大声辱骂狡猾的狐狸——只是我不懂它用的是哪一类松鼠的语言了。

过了一会儿，当狐狸尾巴消失不见的时候，小松鼠也就一声不响了。可突然，小松鼠像被什么吓破了胆似的，又沿树干飞速盘旋着上了它那顶救命树冠。也许它以为顷刻间狐狸就可能从藏身的灌木丛后一跃而到半树腰把它给抓走吧？

"这事就不太好办了，我悄声对小儿子说，"但是——狐狸看来有耐心，哪怕一直埋伏到晚上，可小松鼠却饿着肚子，白桦树上既没松果，又无榛子，不是久留之地，它早晚是要被迫下来的。

几分钟过去了，狐狸、松鼠还是没有丝毫动静。小儿子都已经动手拉我的袖子了："妈妈，咱们把狐狸赶走，然后去摘蘑菇吧。"

就在这时，小松鼠又从它的藏身处露出头来，跳到了白桦树顶端一根细枝条上。这是树枝上最长的一根枝条。像伸出的手，直指着森林的边沿，指着那株长在靠边的松树——半小时前小松鼠刚从它上面溜下地来。小松鼠在细枝条上快跑了几步，就猛地一跳，树梢剧烈地摇晃了起来。

"小松鼠真的疯了！小儿子尖叫起来"。儿子想的是小松鼠一定会掉到狐狸嘴里去了。但他还没有来得及把话说完，全部事件就那样迅速地了结了。

不说也会知道结果，小松鼠没计算好。它不可能从白桦树上一直跳到林边。

即便松鼠再灵巧也无法从空中飞越如此长的距离——毕竟不是鸟！看来小松鼠也只是绝望之下才来那么一下的：听天由命吧！因此，还没飞过一半距离，它就从空中掉了下来。

真该看一看它撑开四肢、挺直尾巴飞身而下，直愣愣扑向狐狸隐身的灌木丛，直愣愣扑向狐狸的情景！

但是，松鼠还没来得及飞到灌木丛，狐狸就……

设想，这时，狐狸一定飞身跃起，抓住小松鼠，一口把它吞了。

恰恰不是！狐狸急忙跳出灌木丛，穿过树墩灌木，没命地逃跑啦。

小儿子哈哈大笑起来，笑声差点没把我震聋。

而小松鼠因为掉在了灌木丛中，没有给摔伤。细细的枝条就像弹簧，接着了它轻巧的身体，微微往上一弹，又重新接住，最后从容不迫地放它下了地。

小松鼠一跳两跳三跳就上了松树，从松树转到白杨，从白杨又转到一株什么树上——于是躲到林中，消失不见了。

小儿子哈哈大笑，眼泪都笑了出来。连整个林子，包括树叶、草茎、灌木上的所有小水珠子，仿佛也跟他一起在哈哈大笑了。

"疯子！"小儿子擦着笑出来的眼泪一再反复地说……

"是呀，真是疯子，你看它就是硬往狐狸身上跳去怎么就把狐狸反而给吓跑啦！……那个狼狈相，连尾巴都夹紧了！这真是疯子小松鼠"

"怎么样？"等他笑够，我问，"现在你该懂得为什么我不让你在克廖巴尔达面前惊慌逃窜了吧？"

"懂啦，懂啦！"

旗鼓相当勇者胜，

弱能敌强自分明。

至理名言人人知，

何须画图空论证？

他从哪去学来的这首小诗，我就不知道了！他肚子里塞满了各种小诗，就像放炮似的，常常突然给你来几下。

我们从森林中采蘑菇归来，心里非常高兴。

生角的吕盖

　　从前有一位王后，生了一个很丑很难看的儿子，他的丑陋和难看，几乎使人们疑心他不像一个人。在他生下来那一天，来了一位仙女，一口咬定说他会使人爱他的，说他长大时一定很聪明；她甚至还说，他得了她所送的礼物，还能够分许多聪明给他最爱的人。这些话使可怜的王后稍稍有些安慰，她为了生下这样可怕的一只猴子，实在很痛苦。仙女的话不错，当这孩子能说话之后不久，他就说了许多美丽的话，而且他的一举一动是难以形容的聪明伶俐，使人欢爱。我忘记说了，他生下时，头上生着一小撮突起的头发，鸡冠似的；因此大家都称他作生角的吕盖；吕盖是他的姓。

　　过了七八年，邻国一位王后生了两个女儿。第一个落地的女儿比白昼还美丽。王后很快乐，人们替她担心极度的快乐会损伤她。这天，曾经在生角的吕盖生日那天到吕盖家去过的那位仙女来了，她使王后大为扫兴，她对她说那第一个女儿长大时一定不聪明，她的愚笨将和她的美丽相等。这话使王后非常不悦；可是几分钟后，她又感到非常的痛苦，痛苦地比听了仙女的话还厉害，因为她生出来的第二个女儿，长得非常丑陋。

　　"你不要过分忧愁，夫人"，仙女对她说："你的女儿会得到她的补偿；她将非常聪明，使人不觉得她不美。"

　　"保佑她如此"，王后回答。"可是像大女儿那样的可爱，稍稍给她一点儿聪明，难道绝对不可能吗？"

　　"我不能给她聪明，夫人"，那仙女说："关于美的方面，随便怎样都可以；因为我没有权力，我实在不能满足你的希望，但是我要送她这样的能力：使她能把美丽给她所爱的人。"

　　这两个公主长大了，各人的禀赋也突显出来，大家每每只谈论第一个的美丽，和第二个的聪明。而她们的缺点也和年龄一同增长起来。那第二个公主一天天的越长越丑，而第一个公主一天天的越长越笨。她和别人说话，不是没有回答，就是说些傻话。她笨到这个样子：假如你叫她拿四件瓷器放到炉架上去，她总要打碎一半，喝一杯水也总得打翻半杯在身上。

　　虽然少女的美丽占了许多的便宜，可是小的那个却时常从她姐姐那儿取得胜利。起初，人们总围着那最美的，瞧着她，惊叹她的美；可是不久，他们就离开她到最聪明的妹妹那儿去，去听她那许许多多的有味的话了；人们在十五分钟之内就惊奇起来，在姐姐的身边一个人也没有，大家都团团围住妹妹。姐姐虽然很笨，看见这种情形，也心苦情愿地要把她全部的美去换得她妹妹一半的智慧。王后虽然很有分寸，也不禁常常埋怨她的愚笨，因此，使那可怜的公主万分忧愁。

　　有一天，她躲到树林里痛哭自己的不幸，她看见一个丑陋可厌的人走到她身旁来，可是服饰却很美丽。这就是年轻的王子——生角的吕盖，他早就爱她了，当他看见她的相片以后（那是全世界都看得到的），他就离了他的国土，想去见见她，去和她谈谈。他和她这样巧地单独碰到，使他快乐地不得了，他极恭敬、极有礼貌地走近她，在普通的问候以后，他看出来她很悲伤，就对她说："小姐，我不懂像你样美丽的人为什么会这样的忧愁；虽然我可以夸口说见过千千万万的女子，可是像你那般美丽的人，我可以老实地说，从来没有见过。"

　　"你取笑罢，先生"，公主回答，说到这儿，就说不下去了。

　　吕盖接着说："美是一个极大的利益，它自然超过一切别的；而当一个人占有它时，我不知道还有什么东西会使你这样痛苦。"

　　公主说："我宁愿像你一样的丑，而有那聪明，却不要像我这样有美而愚蠢地不得了。"

　　"小姐，聪明的有没有，我们是不能说的，这种天赋的礼物，我们就算有了许多，可是还会觉得很不够。"

　　"这个我不懂"公主说，"可是我知道我很笨，这就是使我忧愁的缘故。"

"假如你的烦恼就只有这一点，小姐，那么我可以很容易免去你的烦恼。"

"那么你，怎样办呢？"公主说。

"我有一种能力，小姐"生角的吕盖说，"我可以将无限的聪明给我最爱的人，而且像你，小姐，你就是那个人，这完全是在你自己！只要你肯嫁给我，就可以有许多智慧。"

公主大吃一惊，不答一声。

"我觉得"，生角的吕盖说，"这种提议使你烦恼；而我却并不惊奇，你仔细去想想吧，一年以后再回答我。"公主是那样地缺少聪明，同时又那样地渴望得到它，她以为这一年是过不完的，于是马上答应了他的提议。她答应生角的吕盖，说在一年后这一天嫁给他。一下子，她觉得自己已经不像从前那样笨了。她觉得说话非常便利，而且很伶俐、容易，态度又很自然。从这时起，她和生角的吕盖开始一种畅快的谈话，她谈话的活泼态度，使生角的吕盖相信他给她的聪明，比他自己保留着的还多。

当她回宫时，全宫都很诧异，觉得她有一种异常特殊的转变，因为她从前是很愚笨的，而现在却非常聪明了。全宫都很欢喜，独有那年幼的公主很不愉快，因为她的聪明本来是胜过姐姐的，如今她只有可憎的面貌，没有什么能胜过姐姐的了。

国王现在听年长的公主的话了，有时连国务会议也在她的房中开。这种转变传出去之后，邻国的王子们都竭力想得到她的爱，几乎每个王子都向她求过婚；可是她觉得他们中没有一个是很聪明的，所以她听他们说，却一个也不答应。后来来了一位非常有权势、非常豪富、非常聪明、非常俊美的王子，她不禁爱上了他。她的父亲看出这种情形，就对她说，他完全听由她自己选择丈夫，选定了只要宣布就好了。人们智慧愈多，决断这件事犹愈难，她谢过父亲之后，请他给她些时日去思索。

她偶然走到从前遇见生角的吕盖的林中，随便想着她所要做的事。她一边走，一边想，忽然听见一种沉浊的声音从她脚下发出来，好像有许多人来来往往地奔走着，忙着做事。她仔细一听，听见一个人说："把锅子拿给我。"另一个说："把钟拿子给我。"还有一个说："在火上加几根柴。"同时土地裂开来了，她看见在她脚下有一个巨大无比的厨房，这许多男女厨司和各色的仆役，当然是在预备一席大筵席。这时走出大约有二三十个炙肉夫，他们走到林中的小路上，留在那里，站在一张很长的桌子周围，手里拿着猪油签，耳后夹着毛刷子，开始工作，有节拍地唱着嘹亮的歌消遣。

公主看见这种情形，很是惊异，问他们为谁工作。

"小姐"炙肉夫中最漂亮的一个说："为生角的吕盖工作，他的婚礼明天就要举行了。"

那公主愈弄愈诧异，忽地记起，自从她答应嫁给生角的吕盖，到这天恰巧已经十二个月了，她惊骇失措了。因为使她不记得这件事的，就是她应允他的时候，她是个愚人，自从她得了王子给她的新聪明以后，她就把她以前的一切愚笨都忘了。

她继续走了不到三十步，生角的吕盖就来到她前面，很快乐，而且装束得很华美，正像一个将结婚的王子一般。

"你看，小姐，"他说，"我谨守我的话，我也相信你前来遵守你的话。"

"我很对不起你，"公主回答，"对于这件事我还没有决定，并且我想我决不能这样做来使你满意。""你的话太让我惊奇了，小姐"生角的吕盖说。

"我以为，"公主说，"而且切切实实地以为，要是我和一个愚人，一个不聪明的人相处，我一定会感到非常痛苦的。他可以对我说：'公主是不食言的，''既然你答应过我，那么你一定要嫁我。'可是现在和我对话的人，是世界上最聪明的人，我当然知道他是讲理的。你要知道，当我从前是个愚人的时候，我还不能决定嫁不嫁给你；自从你给了我聪明以后，使我比从前更难应付这个问题了，今天怎么能决定那从前所不能决定的决定呢？要是你从前真正要娶我，那么你将我的愚笨去掉，就是你的大错，现在我比从前格外看得清楚了。"

生角的吕盖回答说："假如一个不聪明的人得到过那种承诺，譬如你刚才所说的一样，他可以责备你不守约，可是小姐，为什么你说我不能采取同样的方式呢？我一生的欢乐都系在那儿啊！一个聪明的人，他的条件会不如一个没有聪明的人，这难道是合理的吗？你能说出这话吗？你有许多聪明，又这样诚恳地希望得到聪明。可是让我们谈事实吧。请你说一说，除了我的丑以外，有什么使你不满意的？你是不是不满意我的出身、我的聪明、我的脾气、我的举止呢？"

"一点也没有不满意，"公主回答，"你刚才说的，我都十分佩服。"

"假如是这样，"生角的吕盖说，"我就快乐了，你能使我变成世界上最可爱的人。"

"怎样可以成功呢？"公主问。

生角的吕盖说："假如你十分爱我，而且希望这事成功，这样就一定可以成功。而且，小姐，对于这件事你可以一点不怀疑，要知道那同一个仙女，在我降生的时候赐我一种权力，让我给我所爱的人以聪明，她也给了你一种权力，你可以给你所爱的人以美，大约你很愿意拿美给我吧。"

"要是这话是真的，"公主说，"我愿意，我满心愿意，我要使你成为世界上最美丽的王子，在我的广大的权力之下，我把这礼物送给你。"

公主说了这话不久，她看见生角的吕盖已经变成一个她从来没有见过的世界上最美最可爱的人了。有些人说这不是神力，只是爱情造成的变形。他们说那公主想起了他的恒心、他的谨慎、他灵魂上和智慧上的一切美质，就不再看见他身上的缺点和脸上的丑陋了；他的驼背，在她看来不过像人们耸肩一样；她不觉得他的跛行难看，在她看去，这正像侧着身子一样，很好看。他们还说他的眼睛是斜的，可是在她看起来，它们却很有光彩；而他的不定的眼光在她看来却是热情的表征，而且最后，他那又大又红的鼻子，在她看去，也有些英勇气概。

随他怎样，只要得到她父王的同意，公主就会立刻答应嫁给他。国王知道他的女儿很看重生角的吕盖，而且知道这人是以聪明才智出名的，就很快乐地答应他做自己的女婿。第二天，婚礼便举行了，这正如生角的吕盖从前所盼望的并且那婚礼是完全照着他很久以前下达的命令安排的。

两个贼

　　这两个贼里一个是我，另外一个是谁呢？把这故事读完的时候，你就知道了。

　　当然，你们所有的人都到电影院里去看过各种的影片。可是你们中没有一个看到我们儿童时代看的那类影片——这是二十多年前的事了！现在的影片——才胡闹呢！在两小时内就看完了！在以前，影片是连续不断的：第一集，第二集，第三集，第四集……它们是没有完结的。

　　你们听到过罗卡姆鲍耳这个姓吗？

　　罗卡姆鲍耳——是影片里的一个知名的上流社会的窃贼和骗子的姓，这部影片的集数比旁的更多。罗卡姆鲍耳什么不偷？宝石、钻石项链、手镯和戒指。有一次他甚至偷了整整一个岛！不错，不错——一个岛！但当别人跟踪他时，他是常常躲掉的。

　　在索菲亚，所有赤着脚的顽童都拥挤在电影院门前，为了瞧一瞧这个追捕不着的窃贼。看了罗卡姆鲍耳的影片，没有那种用黑色材料做成的面具是干脆做不到的，这面具还有为眼睛开的两个洞，和为了在帽檐下边把面具揭起来用的橡皮。看过他怎样偷窃，自己不想偷窃——也不可能。我们看了他好多次，我们也有了面具，也决心偷窃了。我们组织了一个"帮"，我做了这一帮的领袖，帮的成员就是我们区里所有的孩子。这些孩子，父亲打他们的时候，从不嚎哭的。因为我们的帮，不像罗卡姆鲍耳，没有偷宝石、戒指、金项链的可能，于是我们决定去偷几个西瓜……

　　在鲍高米耳街和马利雅·路伊扎街的拐角处，那时有间木板筑的小屋，夏天就卖西瓜、水果和煮熟的玉米。这木屋的主人是个非常调皮的角色，但是我们，正像罗卡姆鲍耳所做的那般，研究着情况，知道中饭之后，主人是睡觉的，他的学徒斯托伊耳——有着淡黄鬈发的、善良的，常常微笑着的乡下孩子在出售西瓜。我们决定在这个时候，就是斯托伊耳一个人在做买卖的当儿去偷西瓜。帮里的参谋拟定了进攻的计划。我们中的一个，片巧·陀耳基，在马利雅·路伊扎街上，和斯托伊耳买卖梨子，我们趁这当儿从鲍高米耳街上抢着存货。事情照着我们的计划做成了，偷到了五个顶大的西瓜，把它们带到微斯列茨卡雅街上的学校的院子里，带着欣然自得的心情，开始吃着，一面拟着新的劫掠的计划……

傍晚，片巧·陀耳基，像见领袖般的，跑来见我，说那木屋主人，为这件事，怪自己的学徒斯托伊耳，说他趁主人睡觉的当儿，卖掉西瓜，把钱中饱了。

我的心在痛着。

"这话是谁同你说的呢？"我问。

"斯托伊耳亲口说的，"片巧继续报告。"他说：'我知道西瓜是你们偷的，在你同我噜苏，趁我不注意的时候，你的同伙们就偷了。不过你得知道，这是不光荣的。'他嚷着：'你们大嚼了一顿，也不过一顿罢了。我被送到警察局里，而且主人把我赶掉了！我现在上哪儿去呢？没有这行业，我的家庭没得吃了。因为你们做的好事，我现在要在索菲亚的街上流浪了……'"

即使我不是孩子们的普通组织的领袖，而是罗卡姆鲍耳本人，那时，对这不幸的斯托伊耳，也一样无能为力。真的，想想吧：我们怎能帮助他？我们能到他主人那儿去说'"叔叔，西瓜是我们偷的！我们偷窃，因为看见有名的罗卡姆鲍耳怎样偷窃……"吗？那时，我们也要被送到警察局里去了。难道事情就这样算了吗？所有的学生还要叫我们贼骨头呢……不，让那斯托伊耳流浪街头，没有职业挨饿，我们不能承认自己的罪状。

秋天到了。学校里开学了，要是不发生另外一件窃案，我们会很快地忘记自己偷窃的行为和斯托伊耳了。这一次，帮的领袖，也就是我自己，吃到了苦头。

有一次，我们在鲍利斯家的花园里的草地上玩着，为了站在秋千板上方便些，我脱掉了鞋子。随后，我们被游戏吸引着，跑到草地远远的一端。在离开花园之前，我开始在安放它们的地方，找寻鞋子。鞋子……鞋子……鞋子没有了！不知去向，好像它们给罗卡姆鲍耳偷去了，我像鸟儿从灌木丛里飞开去般的啼起来。

"啊唷，妈妈呀，妈妈！没有鞋子，我怎么回去呢？"

当父亲知道我遗失了鞋子时，我受的苦，用不着向你们说了。鞭挞不必说，但最可怕的还不是这个。在索菲亚，九月里已经冷了。一夜过来，街路上的石块都变得那么冷，早上赤脚踏在石头上，要那么一跳——脚底像给火烫着一般。所有以前帮里的成员（我说以前，为的是在斯托伊耳那件事情发生之后，我们已经不再偷窃了），不错，所有以前帮里的成员，全在街上玩着，我却坐在家里。我坐着，等着，等太阳升得高一点，晒暖石板和石子路，为的是我能赤脚在它们上面行走。我的厄运似乎没有完结的日子……可是一次相逢，却救了我，这次相逢，在开始时我认为是偶然的。你们怎样想呢，我遇见了谁呢，我遇见了斯托伊耳。

"同我到学校的院子里去，"他对我说，"我想给你看一样东西……"

我想，他骗我去打我，但他如此善良地瞧着我，又这样地微笑着，使我压下了自己的恐惧，跟着他走了。斯托伊耳把我领到学校院子里一处地方，那儿，从夏天以来就长满了密密的野草和荆棘，他俯身下去，从蓟草里拖出一样东西来……

就算罗卡姆鲍耳忽地找到了成堆的海盗埋藏的宝物，他也不会像我那么惊喜。斯托伊耳把我那双好而还算新的鞋子，擎在手中。

"喏，拿去，"斯托伊耳沙着嗓子说。"我偷它，为的是给你们看看，不单你们是偷窃的能手。我偷它，为的是让你们明白，你们做了些什么……不过你也是一个穷人……我看见——你每天早上都在挨冻，我开始可怜你了。忍不住了……"

这可怜的乡下人的嘴唇在抖动着。他睁大了眼睛瞧着我，却不能眨一下；要是他把眼睛一眨，眼泪就会沿着他无生气的、因营养不良而发黄的面颊流下来。为了不在我面前哭出来，他把鞋子抛在我脚边，很快地沿着院子跑开了，一直跑到街上，消失在河边的大道上了。

我站在没有人的学校的院子里哭起来。我并不是为了高兴才哭的，是因为被这个质朴的乡下人异常的良善感动了。这天黄昏，以前的帮又聚拢来开了最后一次会议，我们一致通过了一个决议，而且还得全体使它实现。

早晨，帮的成员都聚在学校的院子里，就从那里，我们全体向着在马利雅·路伊扎街上的木屋走去。那个西瓜商人还没雇到新伙计，亲自在铺子里做买卖，当几乎是这一区中所有的孩子冲到他的木屋里去时，他非常奇怪。

"你们要什么，啊?"他问。

"你听着，叔叔，"我用颤抖的声音说，"我们来要求你，再雇用斯托伊耳……因为……因为……你知道吗……我们……因为这是我们，你知道吗，偷西瓜……我们在电影里看到……罗卡姆鲍耳……"

"什么样的罗卡姆鲍耳呀?"被搞得莫名其妙的西瓜商人问。"就是那个罗卡姆鲍耳……斯托伊耳没有错，"我用了窒息般的声音继续说。"斯托伊耳是个诚实的孩子。叫他回来工作吧! 他没有错，这是我们偷的，我们……"

"对的，对的，我们错了……我们错了!"我的同伴们高声证实着。"叫斯托伊耳回来工作吧!"

西瓜商人注视着我们好一会儿，但是他不能看到我们的眼睛：我们全看着地上。

"唉，好的，"最后他说了，"不过你们能告诉我吗，我在哪儿能找到斯托伊耳呢?"

一下子，我们抬起头来了。

"叔叔，我们去找他!"

西瓜商人笑起来："要是找到了他，你们所做的事，我不但不对谁谈起，还奉送你们一对大西瓜呢！"

"好！"我们异口同声地高叫起来，奔去寻斯托伊耳。

我们在耳维内依桥上找到了他。他凝视着石狮子中的一个，在奇怪为什么雕狮子的工人忘了给它做舌头。

"和我们一块儿去！再去工作吧！"我们远远地喊着，大伙儿领着他向木屋走去。

行人们掉过头来，目送着这群快乐的孩子，但谁也不知道他们之间的秘密故事。

午饭后，在店铺前走过，我看见斯托伊耳又在西瓜堆边忙碌。他的主人已经睡了，他微笑着叫喊：

"这些是好西瓜呢！从洛姆·派兰卡来的！个个都是好瓜，保证好吃，欢迎惠顾！"

森林中的斗争

每当我记起故乡的时候，我就回想到森林。我们，牧羊人，在炎热的时候，就赶着自己的牲口，到那林子里去休息。

这森林是全村公有的，从来不曾有人去斫过树木，它们繁茂地生长着，庞大，枝叶扶疏，被常春藤和铁线莲缠绕着。有些地方，树木分开了，露出了绿色的草原——这是兔子们玩耍的广场。

在我童年的时候，这片森林，是焚烧过的田野里的绿洲。夏天，在这些荒凉赤裸的田野里，我们牧羊人是很辛苦的。羊儿们也很难受，它们整天无秩序地蹒跚着，找寻着发黄的草叶。我们仅能跟在它们后面，赶它们到该去的地方去。狗儿们呢——沉重地呼吸着，伸出了红红的舌头。

我们被炎热磨折着，被口渴磨折着，被牧人孤独生活磨折着，只有在把牲口赶到森林旁边，到多荫而被踏平了的广场上去休息的时候，才快乐起来。羊儿们也不等人赶了。它们迅速地一只接着一只地跑着，然后聚成密密的一堆，一动也不动，直到温度降下去。

这森林是我们的王国。在这儿，在若干时间之内，我们是自由的，而且尽情地玩着和淘气着，大的小的全忘掉了自己的苦痛和不快。甚至两个老年的牧人也参加了我们的游戏。

一批人收集着被风吹倒的树木或者架起火堆时，另一批人就穿过森林到下面去，到田里去，而且很快就带了许多大南瓜和被"丝一般的头发"缠绕着的玉蜀黍回来。我们把南瓜切成两半，把它们放在火堆里烧红的炭上，并且用热灰撒在上面，玉蜀黍却把来烤着。玉米在爆裂，乳酪般的汁在炭上咝咝作响。真的，我有生以来，不曾吃过比这蜜一般甜的南瓜和烤玉蜀黍更美味的东西。

这森林是我们的王国，但这王国却被可怕的征服者占领了，这些征服者随时都令人担心。不论我们做什么，必须不断地四面望望，仔细听听，别看见或听到那些可怖的敌人出现。

要是这些是狼，我们就借着我们的猛狗、尖刀、笨重的木棍来赶走它们。

如果是熊，我们就去唤村子里的猎人来，因为熊皮大衣和暖帽，是多数人需要的。

倘若这些是九个洛柯奇长的蛇，我们就用石头击死它。

但是这些森林的征服者比蛇、熊跟狼多得多。这些可怕的森林里的强盗是大黄蜂，住在一株百年老橡树的洞里。

什么时候它们定居在这洞里的呢？甚至我们中两个老年人都记不得了。它们住在那儿一百年了，也许两百年……黄蜂们是无数的游牧部落，一年一年，它们愈繁殖愈多。而且这些强盗不独在森林里横行霸道，也在所有田地的附近，甚至在村落里。只要随便什么地方晾着有切碎的梨和苹果的板，这些贪吃的劫掠者立时把战利品占领了。

它们多么肥大啊！它们的肚子上有黄色和黑色的横纹。它们的眼睛是突出的，圆的，像橡实的果盖。上下颚咬得断孩子的手指。刺呢：宁愿给缝皮子的针戳一针，也比给这样的刺戳一下还好过些。给有毒的黄蜂咬着，全身都会肿起来，不巧还会送命呢！

现在你们该明白了，我们不能安心待在我们的森林王国里究竟为着什么。

像故意捣蛋般的，有着蜂巢的树正在森林里的湖边上，我们就在那儿给羊儿们喝水，然后我们把它们从树林里赶向田野。我们也在那儿洗澡，尽量地吃着南瓜，尽情地玩着"跳背"或者别的游戏，看来我们全是勇敢的，但老是惊恐地脱着衣服，东张西望——另外有飞着的强盗在嗡嗡地叫。要是谁听到嗡嗡的声音就连头都潜到水里去了。

有些时候，我们也不饶恕它们。时常打杀一两只黄蜂，不过做这事情总远离着蜂巢，免得激怒所有的黄蜂——那时，就无可救援了。

我们同志中的一个，唤作迦夫利拉，因为在中学校里读书，他已经不牧羊了，但在夏天，仍旧和大人们一同在田里工作。有一次，他的祖父病了，迦夫利拉拿起了牧羊棒，他看到我们怎样恐惧地东张西望，在湖边解着衣服，第一天就记起了自己的旧仇人。迦夫利拉走近黄蜂占据的树，谨慎地开始审视着那个树洞，然后狠狠地点着头。

"听着，伙伴们!"他对我们说。"我们忍受这些危险的强盗，到什么时候为止呢? 毁掉它们的时候到了!"

牧人们笑起来：世界上没有那种英雄，冒着危险去毁掉无数危险的黄蜂。

"笑什么呢?"迦夫利拉皱起眉，"这些黄蜂是可以征服的。"

"那么，请说，该怎么办!"牧人阿塔那斯，嘲弄般的取笑他。

"没有谁能单独征服它们的，"迦夫利拉反对。"不过要是我们团结起来，合作……"

我们明白了，他谈起合作，因为迦夫利拉的父亲是农业合作社的主席。

中学生迦夫利拉的计划非常简单、明白。我们决定第二天就开始斗争。

把黄蜂一个一个毁灭，既危险又无益。应该一举把它们全数毁灭。我们注意到中午的时候，黄蜂们都进洞休息，直到温度降低。我们决定在这个时候开始攻击。

所有的牧人分成四组：煽动者，堵塞者，胶糊者和保护者。

分工布置完了。我们从村里拿来一件破了的毛织衣服，一大块火绒。又聚了一堆干马粪。搓着几大团厚厚的污泥。砍下整堆的小橡树枝儿，又把自己的外衣放在一处。

两个煽动者烧着马粪和火绒。

两个堵塞者准备好两个用毛织衣服的碎片作成的球。

四个胶糊的人各自擎着一团污泥。

其余的——保护的人——排成两队，手中拿着树枝或衣服，围绕着第一组进攻的人。

我们开始潜进，这样地毫无声息，这样的审慎，狼悄悄地走向羊栏时，看来，还不会这样呢。洞的口子相当阔，可以塞一个人头进去。我们已经逼近洞时，黄蜂的观察者中的一个，在我们的头上飞着，接着飞进洞去了——看来是去报告我们进攻的，但就在这一瞬间，煽动者把烧着的火绒和马粪，抛进树洞去。

"塞呀！"迦夫利拉喊道。

堵塞者用毛衣的碎片把洞塞住，还没来得及缩回手，胶糊者已开始用几团泥，把所有的空隙封闭了，可能有几只黄蜂，穿过这些空隙，夺围而出。

"打呀！打呀！"我听到自己背后有迦夫利拉的喊声。

真的，我们后面，战争在猛烈地进行。我们的保护者挥动着树枝和自己的大衣，把所有飞向洞穴的黄蜂打死，不让它们飞近煽动者和胶糊者。

在这个时候，辛辣的烟已塞满洞穴，把洞里所有的黄蜂窒息。整整三小时，我们在封闭的洞穴边忙碌着，用树枝打死迟到的劫掠者。

森林中安静了。我们的游戏，开始更快乐，更无顾忌。我们已经不急于游到湖里去，而是赤裸裸地在空地上跑着，在有太阳光的地方取暖。

我讲给你们听的故事，发生在二十五年之前，在我们的故乡符腊尼雅卡。如果符腊尼雅卡现在的牧人中随便哪个读到这篇故事，让他到湖边去瞧瞧，这些森林中的劫掠者，是不是又重新繁殖了。倘若这样——让他集合同志，和我们一同向黄蜂攻击：只有一同斗争才能战胜劫掠者。

苦面包

父亲对我讲：

这是老早的事情，是在夏末。树木还是绿的，可是它们的绿色已开始老了。嫩叶子因着炎热没精打采地下垂着，叶柄很快干瘪了。牧场上的草已经枯萎，蟋蟀在断梗残株上拼命地叫着。早秋来了。

有一天傍晚，我们挤完了乳，把羊关起来时，我对父亲说：

"我不能长久地帮助你了——上学的时候到了。你又得自己牧羊了。"

"羊，我自己去放，"他用沙哑的声音回答我。"不过你也得脱离学校了……"

"为什么？"我用仅能听见的声音问。

"你受的教育已经够了。你已经读完四年级。会读，会写——还要什么呢？我想让你成个有地位的人，成个商人，成个富人。所有的人，将来全要在你面前脱帽！还要吃白面包……"

于是他开始琐碎地解释着，说想送我到奥烈霍伏城里一个富商那儿去，他和那富商已经说妥了。在那儿，那商人自己有着铺子。不止一个，一共有三个呢。我将去帮他的忙，学习经商。过不了几年，只要我头里有脑子，我就能成个大富翁。

我流了多少泪，受了多少苦——不能用言语形容。一天好天气，我把自己洗干净的衬衫，放在一个红色的皮包里，穿了新的树皮鞋子，我的父亲驾了牛车。我们走了似乎一天一夜，到了城里。

我能讲这城的很多有趣的东西，讲宽阔的多瑙河，讲河里飘浮的轮船，讲从高岸上看到的罗马尼亚平坦的土地。我们在市里停了下来，父亲卸了驾车的牛，搀着我的手，领着我向一个大店铺走去。我们走进一间镶着玻璃的小屋子。在这屋子的门上大书着"账房间"字样，在一只满放着钱的打开着的铁箱旁，坐着一个肥胖的，红面颊的男子。他对父亲说了句"光临了"，又继续他的工作。

"就是这孩子，"我的父亲说，"孩子，那人就是你的主人了。在店里服从他，看着他的眼睛，他使你做人呢……"

我的父亲这么说，可是从他的眼睛和声音里，我明白，把我独自留在陌生人身边，他也很难受的。

主人从账房间走到店堂里来，指着一大块盐，转过身去对父亲说：

"拿去给牛吃吧！不要付钱的，好好儿去吧，我忙着呢。别担心孩子，他在这儿会过得很舒服的。"

父亲拿了盐，走了。

"听话些，孩子，"临走时他对我说。"写信给我们，你求学是为的什么呢？"他对我勉强笑着，但为了不使我看到他的眼泪，把身子转过去了。

他才走进市场，那大胖子就在账房间里叫起来：

"喂，伊凡，带这孩子到家里去，让他在那儿帮帮忙。"

伊凡，那个年长而身子有些弯曲的仆人，把我领到主人的家里。在路上，他盘问我，我是怎么样的人，为什么停学。我对他说，我是个穷人，我已读完了四年级，于是我问他：

"你是怎样一个人呢？"

"我叫伊凡，是董巧·蒲烈店里的仆人。大家叫他蒲烈——桶子的意思——是因为他肥胖。"伊凡向我解释。

"你在他这儿工作了多少年呢？"我问。

"十三年了。"

"你有了钱吗？"

"嘿嘿！"伊凡笑起来。"有钱！难道这样会发财？我生下来是个穷人，死的时候是个仆人。看见吗，为了背重的包裹，我把自己弄成驼背了？你为什么问呢？你想做富翁吗？"

"不是，"我不安地回答。"我倒不要，不过父亲说，我会发财起来。"

伊凡用自己做工做得碎裂了的手掌，抚着我的头，苦笑着说：

"那时我也这么想的，但是工作了十三年，没有发财，却驼了背。你还小，这些情形还不明白呢？"

这时候，我们已走到董巧的漂亮的住宅边。女主人出来接我们。伊凡对她说明了我是谁就走掉了。

"跟我来，"董巧的妻子对我说，领着我从扶梯走上顶楼去。

"看见那张铺吗？你以后睡在那儿。把地方看看清，因为不可以带着灯到这儿来的——随时会把屋子烧了。"

接着，我们又走到加筑在大房间边的一间极小的房里去。

"这是厨房，那是饭堂，我们就在那儿吃饭的，"主妇继续解说着，"我们的女佣人现在走掉了，在我们没有找到别的佣人的时候，你要帮我两三天忙。用桶盛着盥洗台里的污水，把它倒在沟里。在那面，在菜园的角子里。"

我提了桶。在一个大花园中，有块空地，有三个孩子——一个比我大些的女孩和两个幼年的男孩子——在空地上跑着。

"当心些，别泼在草上！"女孩子粗鲁地向我喊着，好像我是她的佣人一般。

过了不多时，母亲在花园里的一张小桌子上，放了几只碟子，在每只碟子里注了一匙蜜，唤孩子们吃早饭。我们村子里是不常有蜜的，加以此时我饿了，因此我很想吃了，但女主人却差我去取水。

我拿了水来。但这时孩子们已经吃饱了。

"把碗盏收拾起来，拿到盥洗台上去把它洗干净，"主妇吩咐。

傍晚，我斫好柴，把它们拿了进来，打扫了厨房，又取了两次水。天已经黑了。主妇在一间有很多玩具的大房间里点了灯。把孩子们从花园里叫来。我生着炉子，主妇开始铺设着桌子预备吃晚饭。主人来了，洗了脸，和孩子们并排着坐在桌子边，开始讲各种可笑的故事给他们听。主妇分着食物，我把它们放在每个人的前面。我看到在桌子边没有为我放置餐具和椅子。他们吃的时候，我站在厨房门口。

"给我点水！"孩子中的一个说。

我把水给他。

"把碗盏拿去！"母亲又加了一句，把脏的盆子递给我。"倒些水在大铜锅里，把它放在炉子上，洗碗要热水。"

吩咐我的一切，我全做了，我的头晕着。主人们吃饱了，分散到各个房间里去。

"你，孩子，把剩下来的东西吃了"主妇走出去时说。"我就来，我们来洗碗。"

我的饥饿已经过去了。我坐在桌子边，给自己分了一小块面包。面包又白又软，我从未吃过。它很像我祖父从城里市场回来时，买的那种白色的面包圈。多好的面包！但当我把第一块送进嘴里时，我觉得它是苦的，也许是因为向肚子里咽的眼泪而苦的吧？

"不，不，不！"我再三对自己说。"我不要发财，不要白面包，不希望！"

我含着泪看到屋角里有什么在发着红色。仔细一看——这是我的衣包，我没有长久地思索就跳将起来，拿了衣包，轻轻地穿过院子，向街上走去。

从多瑙河上吹来了凉风。也许这风也在我们的乡村里吹着。它抚摸着我被泪水润湿了的面颊。好像轻轻地在说："勇敢些，乡下孩子！"

"公公"，我问一个坐在低矮的咖啡店前面的老头子，"你能对我说，怎样走上到别拉·斯拉季那去的路吗？"

"怎么走吗？从这儿向那条街转弯，走上公路。沿着公路走，一直沿着公路走——那就到了。怎么你在夜里走不怕？"

"我不怕！我是乡下人！"我勇敢地回答，沿着街道走去。

不用描写给你们听，我怎样走过四十公里的路程。好心的人们指引着我，给我东西吃，我甚至睡在马车里。我走到村子那天正是 9 月 16 日。

在小河里洗了个澡，穿了鞋，径自向学校里走去。在午饭时，我快乐而骄傲，像所有的孩子一般，回到家里去，我已经是高小一年级生了。打开门，狗高兴得跳了起来，但是父亲这样地瞧着我，好像我把他当头一棒似的：

"呸！你从哪儿来的？"

"从学校里！"我叫着。

"怎么会从学校里来？你不是在主人那儿吗？"

"是的，不过溜走了。"

"为了什么呢？"

"那儿的面包很白，但是苦的。我回来吃黑面包，它好吃些……"

我打算讲许多事情给父亲听：讲讲主人，讲他的仆人伊凡和伊凡的驼背，讲蜜，讲我不会成为富翁。但是父亲什么也不对我说。他只掉过头去，向狗嘘着，走出房间去了。

不多时，我听到院子里有他的吹哨声。我从陌生人那儿溜走，他也高兴呢。

村妇符娜的魔法

你们别瞧我现在是个有名的医生，会医治老老少少的病人，不论笨的和聪明的。当时，我还是村中一个组织的领袖，和在摩特尼察河里捉鱼、捉大虾的第一能手呢。可能你们看见过大虾，甚至吃过它们，但是像摩特尼察河里的那种大虾，你当然没有看见过，也没有吃过。

我们那条河，说句老实话，实在不算大。夏天，在碎石铺成的桥下面的水潭里，水牛仅仅扫得转滚罢了。但无论如何，摩特尼察河总是虾子们的王国。它们大部分聚在水边上被水冲洗过的柳树乱根下面。不论你在哪个水潭里找到这样的树，无论怎样别轻易放过它。用手在外面抚摸着它，用手指探它的根——那时就知道有成串的大虾挂在根上面了。

我能同你们长谈，怎样用手或者用田鸡肉系在钓竿的一端捕捉大虾，我能向你们解释，在那种圆形的深潭里，藏着大虾，它们像鲸鱼般的，用尾巴溅着水，若用螯钳住手指上的皮时，就像锋利的剪刀一般。我能教你们在熏黑的锅子里煮虾汤，烤虾背，拔掉虾脚，剥掉虾尾上的壳，不过现在我却要说另外一件事了。

我从大虾开场，因为了它们，我遭了殃。

一天天气极好，我和我忠实的队伍，全到摩特尼察河上去捉虾。这儿有虾，那儿也有虾，我们专心一意捉着，忘掉了世界上的一切，也不注意头上的乌云渐渐浓起来。

细雨点点滴滴地落下来，开始刮着寒风。我们的牙齿已经在打战了，但还不从水里爬起来——还在比赛着谁捉到得较多。

当然，我像队长般的，胜过了同伴们——捉到了 47 只虾。但因此，在风雨冷水中着了凉。

寒热病用锋利的鳌把我攫住了。我在床上转侧着，发着呓语。这时候，我觉得我们整个院子被虾"队"塞满。这是怎样的虾呵！大得像象，不过没有象鼻，只有长长的铁鳌！

寒热病使我打着战，可怕地打着战。

妈妈在我床边忙碌着，把醋浸湿的布覆在我的额上，但我并不轻松些。我瞧着她，可是看到她有四个头。她拿着一杯水递给我，她的手变成虾钳。我尖声叫着，把头藏在被里。可怕的疾病，有什么好说呢！

"这样子是睡不稳的，"我像在睡梦中一般，听到妈妈的声音。"现在该知道了吧，整天地滞在冷水里！"

她的声音"潺潺"地响着，像水在虾浜里一般，嘟——嘟——嘟——嘟。

"该去请医生了，"一次，女邻居玛利雅拿着一碟新鲜的醋走来的时候妈妈对她说。

"干嘛请医生！"女邻居反对。"医生懂得什么？白费掉些钱罢了。你请那村子里的巫婆符娜，还好些。只要她替他到契列勃内井边去占一下，病就好了，并且还便宜些……"

"不，玛利雅，要闹乱子的，以后……"

"你听着！"玛利雅还不肯放松，"我知道得清楚！那时李奇柯也生过病，就是那迦龙卡婶婶家的李奇柯，村妇符娜把他治好了。你坐在这儿，我去唤她，你等着……"

当玛利雅同那老婆子回来的时候，我的热度多少低一点了。

村妇符娜还在门槛边就用自己那张没有牙齿的瘪嘴，含糊地说：

"片巧生了病吗，嘿，嘿，嘿……他才活该——沿着河赶我们的小鸭。要不是我们的玛陵巧……嘿，嘿，嘿……片巧用皮弓把它们全打死了……"

"啊唷，符娜婆婆，你别说这个吧。我的孩子因着可恨的间歇热快要死了呢！"我的母亲哭起来。

"别哭，女儿。"那老婆子安慰着她，把粗糙的手掌按在我额上。"赶快预备一枚银币，倒些酒在壶里，把他清洁的短衫给我，我在契列勃内井边给他换上。"

"不过他穿的那件短衫，完全是新的，而且也是干净的！"母亲反对着，"半小时之前，我给他换过短衫的。"

"这件短衫不合式。它上面已经有病魔了。你给我一件干净的短衫，这是为了孩子的健康——你小气些什么？这件短衫，现在他穿在身上，我要把来埋在井边，病也和它一同被埋了。起来，片巧，一块儿去，"老婆子向我说。"起来，我医好了你，再上那儿去赶我的小鸭子。"

"带我上什么地方去呢？"我带着恐怖问。

"领你去捉大虾呢！"母亲生气地说，迅速地准备着那老婆子向她要求的一切。

我困难地从床上起来，村妇符娜把我干净的短衫塞在自己的帷裙下，拿了银币和盛着酒的壶，领着我走了。

我们沿着路向河边走去，走过了小桥，在山脚下止了步，这山高高地矗立着。

"看见契列勃内井吗？"村妇符娜问。

"看见的，"我回答，"它在那儿，在有树孔的桦树下面。"

"不错！"老婆子把眼一眨。"鼓足勇气，向山上跑去，我在后面跟着你走。要是跑到那井边没有停顿，我给你三只盖尔高公公的顶新的鱼钩。"

"不过只要那一种，中等的，在这钩上好钓大鱼！"我高兴起来了。

"就是那种，那种，亲爱的！我知道你要那一种的……"

你们想想吧，三只鱼钩，还是那中等的！我忘掉了自己的病和大得像象一般的大虾了，吸了一口清新的山上的空气，就沿着险隘的山径，向山上奔去。

到井泉不过半公里路程，但是沿着极险峻的山径走的。我的腿在抖了，遍身是汗，但还不肯停留——直跑着，跑到山上，太阳炙着，湿淋淋的短衫贴紧在背上，心在跳着，好像要爆炸般的；但是，我集中了最后的力量，还是跑到了那株大桦树边。

我在这儿一株倒下的树干上坐下，想看一看村妇符娜在什么地方。但是所有的东西在我眼前摇晃，随后无数绿色的大圆点子在乱迸。我掩着眼睛倒了下去，像受了打击般的。

"对了，对了，小孩子，"我听见老婆子的声音就在我的身旁。"让我给你换上干净的短衫。"

老婆子把我身上湿漉漉的短衫脱下，用自己毛织的帷裙在我背上和胸前擦了擦，给我穿上那件洗净了的干短衫。随后，她掀起了块相当大的石头，把我湿透了的短衫放在它下面，又用石头把它压住。

"病魔留在衣服上了，"她解释，"石块压着它，它现在不能出来了。现在，围着石块，我画了个神圈。要是病魔从短衫上跳出来，也越不过圈子的。"

她拿起壶，在石块周围洒下几点酒，呶呶不停地说了些莫名其妙的话。洒下了有限的一些酒，她忽然举起壶来，慢慢地喝几口，把剩下来的酒喝完了。

"为什么你把酒喝完呢?"我不信任地问。

"我为了安全喝它的，小孩子，为了你的健康！喂，现在回去吧。你没有事了！去吧，在磨坊旁边等我。我休息一下，就把鱼钩给你。但是别跑，否则又要出汗了！"

我开始沿着小径走着，轻松地从一块石上跳到另一块石上。

村妇符娜的魔法真的发生了效力——我觉得自己完全健康了。

为什么我会恢复呢，事后当我成了医生的时候，我明白了。这事，当然与魔法完全不相干，而在于发汗。因着凉而造成的轻度的寒热，当我们的女邻居把村妇符娜领来的时候，已经差不多过去了。我奔到井边的时候，遍体出汗，而且热起来，这一发汗，一热，残余的疾病也就被摧毁了。

第二天，当我遇到玛陵巧，村妇符娜的孙儿时，这与衣服有关的魔法，我猜到了。这孩子着了我的短衫，这短衫，他祖母昨天埋在井旁石头

下的。我一句话也不对他说。要是孩子们知道我受老婆子的愚弄，他们要
笑我了。我跑到磨坊里，带着恶意，向那老婆子叫喊：

"符娜婆婆，为什么你把我的短衫从石块下面拉出来？你不是说衣服
上有病魔吗？如果你的玛陵巧患了间歇热怎么办呢？"

"啊？你说些什么？"这老婆子装着聋。

"说的短衫，短衫！"我高声叫着。"我的短衫！为什么你把它给玛陵
巧穿了？"

"我听不见，小孩子，什么也听不见，"村妇符娜摇着头。"我老了，
完全老了……你问盖尔高公公吗？"

我叫着，竭尽力量，但我的问题，那老婆子一个也听不清。

还问她什么呢，一切都了然了。因为我出了次汗，那巫婆得到了一件
完好的新短衫，一枚银币，整整的一壶酒……

我明白了，可能是第一个捕捉大虾的能手，可能是孩子们的领袖，不
过要是你相信魔法治病——你还是个傻子！

天气的预言家

卓洛公公是个天气预言家。

不但我们村子里的人知道他，整个县域都知道他了。他瞧瞧云，举起手掌来当着风，细听着鸟儿的歌唱，草的响声——于是立即断言，什么时候下雨，什么时候雷响，什么时候出太阳。

"我有'声音'，"他说。"魔法也发挥着作用。我运用魔法，我所有的声音就聚拢来，于是声音告诉我们，天气怎样……"

因此，农民们都唤那老头子作"有着声音的卓洛公公"，而且全到他那儿去探问气候。

农民打算把谷子运到市场上去时，前一晚，就走到卓洛公公那儿去问：

"声音怎样说的，卓洛公公！到市场上去要带油布吗？要运谷子了。"

卓洛公公皱起了自己浓浓的白眉，开始在胡子里呶呶地念着各种不同的咒语，好像在咀嚼什么似的。接着，突然说：

"拿着，拿着油布！要拿两块油布。迦杜茨基禁地的雾的'声音'低低地对我说，就要下雨了。"

于是那农民就拿上两块油布。要是第二天下雨，他就歌颂那老预言家；要是没有雨，他就忘了那预言。

要不是教员们想起给阅览室买个无线电，"有着声音的卓洛公公"的名誉，还要继续扩大。他们把一根木栓钉在阅览室里的烟囱上，第二根钉在桑树上，这桑树在阅览室对面，是牧师家的，在这些木栓中间引着长长的电线。一只漆过的匣子放在图书馆里的桌子上，靠近打开的窗子，这样，所有在广场上的人，都能听到了。为首的教员转动着箱子上的按扭——于是有人讲起来，唱起来，奏着音乐，听到了整个的世界。

奏完了乐，开始报告新闻。无线电是无所不知的！法国和德国怎样失和，怎样扶直田禾，怎样焖兔子肉，一千年之前某日，西密昂大败拜占廷人。不但这个，也预言天气！诸如此类："在北保加利亚西部，将有良好晴朗的天气。傍晚在山麓地带，有不大的雨量。报告可靠，到 18 小时为止。"这"可靠到 18 小时为止"一语，在教师鲍西奥解释之前，谁也不明白：无线电关于气候的报告，力量只能达到第 18 小时，所谓十八小时就是下午 6 点钟，此后，无线电就不报告气候了。

起初，农民们不十分相信无线电对气候的预言，后来他们开始考验这些预言，无线电难得有错误。

"可能它也有'声音'，"他们对自己说。

要是无线电报告明天要下雨，他们就不下田，去修理车子了，把锹铲之类带到铁匠店吉卜赛人那里去，或者赶着车到磨坊那里去，要是无线电报告："多云，有雾，没有雨。"他们就从事耕耘。

一切都是好好的，只有卓洛公公憎恨这个新的预言家。他抛开了自己的工作，在村子里蹒跚地走着，骂魔鬼的箱子，甚至骂那些教员，浪费农民的钱，去买无线电。

"这不是吉兆，"他说，"树也开始讲话了……"

"可是并不是树说话，卓洛公公，"一个合作商店里的售货员对他解释。"那里面有机器，是电的机器。"

"我已经知道，用不着你对我说了！要是我骑了水牛到恰塔耳特查去，那时你教我吧！电的机器，有一天爆裂开来，整个村子都毁了呢！把村子变成平地，那时就知道了！"

多数农民对这老人的怨言，都在笑，但也有些人听从他。卓洛公公是调皮的：他先听着气候的预言，然后等着——是不是准确。要是无线电报告偶有错误，他便带着胜利的神情，在旅馆、公寓前面叫着：

"看到了么，难道我不曾对你们说过？他们说有雨，雨在什么地方，这雨？"

他俯身下去，拾起一点干灰尘，放在手掌上，把它向着那些相信无线电的人的方向吹去。

"原是说东部保加利亚有雨，"有人打算卫护无线电。

"好重要——东部的！东部的，西部的——一样的鬼战！东部下雨，就不下到我们这儿？胡说！"

事情严重起来了。农民分成了两派。一部分人听无线电，另一批人到卓洛公公那儿听劝告。岁月如流，又到了打谷的时候了。

我们的村子里，原来有打谷机的，可是要打全村子的谷子，它却做不到，因而多数有谷物的人，还在自己的院子里用马打着。把一束束的谷子，放在打谷场上，摆成一圈，我们叫作"萨特卡"，在大斋节中的第一个星期一早晨，要开始打谷了。

"怎样呢，卓洛公公，早上要把谷子放到打谷场上去了？"

老预言家看看天，细听着自己的声音，简单地说：

"对，你们放吧！"

"无线电报告要下雨呢！"

"那么你为什么又问我呢？"

"唉，那不过想知道得确实些罢了……"农民们犹豫地回答。

"确实不确实，我不知道！谁愿意，听我的，谁不愿——等着瞧吧！我只知道一样：农人的谷子，要进了谷仓，才算得是他的，早一天——好一天。"

农民们走散了。第二天早晨，许多信从卓洛的人，听着他的劝告，在打谷场上放下许多大堆。怎能不信从这老头子——天放晴了，澄清得像玻璃一样。村子里，快乐的歌声在响，笑声在播扬。孩子们围绕着谷场中央的柱子，赶着四五匹彼此系在一起的马。马蹄陷在丰满的穗子堆里，肥大的谷粒，从穗子里落下来了。快乐的主人煮着有鸡肉的什锦饭，把烧得烂烂的洋葱，煮着羊肉。烤着面包和馒头，来饱饷自己人和雇工。

那些听信无线电的人在烦恼和妒忌着。黄金般的天气，白白地过去了。在打谷时节，每一天都是重要的。

一切都进行得很顺利。要是不发生有学问的人称之为"不能逆料"，而普通人称之为"可以诅咒"的那些祸事中的一件，也就顺利到底了。老太太们已在梨树下安排着桌子，放着甘美芳香的食品，打算吃中饭，但就在这时候，村子上面，出现了薄薄的白云。它们像密探般的，在高空中旋着，旋着，接着散了，而且消失得无影无踪。白云散了以后，迦杜茨基禁地的上空，又有几块乌云在卷旋着。但这些乌云已经不是高高地在天空中浮游，却紧靠着地，烟雾腾腾的，好像谁在焚着禾秆一般。然后升高变黑，把太阳遮蔽了。

主人和来协助他们的邻人，开始交换眼色——这时他们既不要吃，也不打算工作了。忽然，有人喊起来：

"快些去收呀！"

"怎么？"别人还不相信。"难道卓洛公公的'声音'……"

"它们完蛋了，这些声音，该把一捆捆的谷物盖起来呀！"

于是，老的少的——男的女的，男孩子跟小姑娘，在打谷场上，开始用锹铲连着麸皮和灰尘，扒着麦秆。老妇跟少妇，嫂子跟小姑，挨户搜罗着油布和麻布，不论好的坏的，只要能到手就好。老公公和男孩子，小姑娘和大姑娘跑到邻家去借着被单。那些听从无线电报告的人，把被单、油布、麻布给他们，带着快乐的心情给着，因为他们没有遭殃。

这时，第一次闪电像蛇般的在扭曲着，折断着。雷响了，天也开了，不独下着雨，还在降着雹。

农民们尽可能扒着，捆着，还要自己收拾，好像棚下的雄鸡一般。除了欣赏雨以外，没有事可做了，这时他们想起了卓洛公公。

"也算得预言家——吹牛的老家伙！"

"为什么闪电不劈破他的头！"

村子里辱骂、诅咒卓洛公公的话书上也记载不尽。有几个男人忍不住了，下雨尽管下雨，他们上卓洛公公那儿去！他们要问问那老头子，为什么他的"声音"不禁止雷电。那老头儿呢，却也不那么傻，也就不等这些不速之客，他知道可能饱受一顿拳头；早已拖泥带水地走过湿淋淋的院子，躲到麦秆堆里去了。

被激怒了的农民们聚在门边：

"喂，卓洛公公，出来，见见我们！"

"出来，我们要听听你的声音！"

在小门边出现的，不是卓洛公公，而是他的老婆。

"他不在家！你们的卓洛公公不在家！"她在门槛边叫着。"到磨坊里去了！"

卓洛公公躲藏着，想：

"我千万别同那魔鬼的机器斗争了！"

过了不多时，起风了。云散日出，太阳明亮得像在雨里洗过的一般。农民们的烦恼，也和云一块儿消散了。他们收拾着油布，把弄湿了的谷子晒着。卓洛公公从干草堆里爬出来，拂掉粘在须眉上的干草，注视着澄清的蓝天和吹散了的白云好一会儿。

无线电报告得不错，"夏天的骤雨是不久的……"

他深深地吸了一口芳香清新的空气。简单清楚地说：

"不再预言天气了！若不这么就会毁灭呢！"

接着，对自己的誓言，不觉好笑起来。

神　马

　　从前，地球上曾经住着一个名叫潘柯的牧羊人。他是个最好的音乐家。据说他吹笛的时候，甚至月亮也停在天上听他吹笛呢。他以勇敢出名，不单在人间，也在野兽间：狼从来不敢在他的羊群里拖走一头羊。他生得很长，比山茱萸的杆子还长，而且他又重又结实，比狼牙棒还可怕。潘柯在儿童时代就在树林中找到一个狼穴，把五头小狼带走了。他把器皿盛着牛乳，把自己的麴包揉碎了，和着乳酪喂养它们，这些小狼，也长得很出奇。可以说牧羊的不是潘柯，而是它们。只要他一吹哨，一声吆喝："抓住！"——野兽和窃贼就祸事临头了。

　　有一天早晨，潘柯赶着自己的羊群，在草原里走着。他缓缓地走上一个属于这村庄的树林旁边的土丘。登高东望，看到了什么呢？太阳时现时隐，时隐时现……

　　"嘿！"他想。"这是什么奇事？"

　　向天上一瞥——一片云也没有。

　　"要是太阳不上升——下田工作的人就迟误了。"

　　潘柯举起自己的棒，向自己养驯的狼吹了一声哨，向太阳奔去。他看到了：一条大蛇，飞向太阳，想吞掉他。

　　将要被吞掉的时候——太阳避开了！几乎要吞掉时——太阳躲过了！

　　"小狼们，我亲爱的！"潘柯向自己忠实的助手呼喊。"现在我就要知道，是不是我白把牛乳喂了你们。救太阳去！"

　　五头小狼向着蛇扑去，爬到它两只前爪之间，开始咬它柔软的腹部。

　　潘柯紧紧地捏住自己的棒，悄悄地在后面向蛇走去。

太阳看到英勇的牧羊人，喊道：

"打啊，潘柯，救救我！"

潘柯用着这么大的力气挥动一下自己的棒，以致棒折成两段，蛇头也裂开了。

太阳因为高兴而明亮了。

"谢谢你，"他对牧羊人说，"你救了我的命。要是你愿意，我们不妨结为兄弟。"

"好呀！"潘柯同意。

太阳和牧羊人像兄弟般的拥抱了一下。

"听着，兄弟！"太阳说。"我的父亲很严，因为我今天早晨上升迟了，他生我的气呢。一同到我们家里去吧，你对他说那条毒蛇的事情。他会相信你的，还要奖赏你呢。"

潘柯有机会去瞧瞧日宫，他很高兴。

"一块儿去！"他说。"但要等一下，我打发狼去瞧着羊群。"

他把羊群指给狼看，一声哨，它们向着羊群飞奔去了，为的是保护着它们，直到潘柯回来。狼不知道再也见不到自己英勇仁慈的主人了……

两个结义兄弟向日宫走去。

"我的父亲很富有，"太阳在路上说。"他什么都有，金银宝石。但是你要求他给你名叫卡姆别腊的马儿。"

"好的，"潘柯同意。"我正需要马呢。骑了马，我可以回到牲口那儿去了。"

义兄弟整天走着，太阳在天上走，潘柯在地上走。直到傍晚，他们才到达隐在云中的日宫。

"现在藏起来，"太阳劝告自己的义弟，"直到我的父亲息怒。"

潘柯缩在墙边，看到所有的墙不是用砖石而是用银板砌成的。大门是银的，钉着金钉。

太阳轻轻地走近大门，更轻地敲着。

"谁在敲门?"太阳的父亲的声音像雷霆一般在响着。

"是我，父亲，"太阳叫喊。"给我开门。"

"走开！我不要见你！不开。为什么迟迟上升？"可怖的声音在响。"你知道吗，为了你，工人们也迟误了？这个早晨，你在什么地方闲荡，现在也上那儿去吧！"

潘柯紧靠在墙上，听到隆隆的雷声。似乎四周一切都在崩裂。

"求你让我进来，父亲！我虽然迟误，却没有错。我带了个牧羊人来，他会对你述说，为什么我才迟误的。"

"这个牧羊人在什么地方？"太阳的父亲一边开门，一边问。

"他就在这儿。但是我求你：别对他凶！他救了我的性命。"

"不对他凶，"父亲允许了。

潘柯走近太阳的父亲，述说怎样从可怕的蛇嘴里救出他的儿子。

"要不是我的狼和那条坚固的棒，你就看不见你的儿子了，"潘柯结束了自己的故事。

"你做得好，"太阳的父亲赞美他，而且微笑着，好像天都在发光了。"为了你的勇敢，我要酬谢你。要求吧，你要什么！我一切都有！"

潘柯垂了头，说：

"我对你并不要求许多东西，我的功劳也不大。不过你已经说过了，我要什么就给什么，请把那匹叫卡姆别腊的马儿给我吧……"

太阳的父亲恨得咬紧了唇。他的声音，像雷般地响着：

"听着，乡下人？要求别的东西吧！一切都可以给你！要求一百匹马——全数给你！要求一车子金钱——也给你！只是别向我要卡姆别腊。放弃这个念头吧！"

潘柯听了他的声音害怕起来，但不肯让步。

"我是个质朴的人。"他说，"要是我拿了金钱，我还不知道怎样保护它们呢。担心别人把它们拿走，将通宵不能合眼了。一百匹马——我要它们干什么？我是牧羊人，不是马贩子。只要卡姆别腊我就满足了。把它给我，或者什么都别给。你对我说过的，我要什么就给什么。我就要卡姆别腊……"

"把马给他，父亲，"太阳要求。"他是我的义兄弟，他救了我的性命。"

太阳的父亲跟卡姆别腊分手很难受，不过他有言在先，只好履行。他命人把马儿带来。

卡姆别腊这马是神奇的。白得像山顶上的雪。翅膀也是白的，蹄是金的。额上有颗金刚石般的星在发光。

太阳给潘柯一个马勒，说："带了马，义兄，好好儿去吧！"

潘柯跨上马鞍，卡姆别腊飞起来，比赶着云儿的风还快些。骑马的人还没来得及转过身去，日宫已经看不见了。黑夜来临了。只有马额上的星在发光。

"我们飞到什么地方去呢？"潘柯问。

"现在我们在蓝海上面，"卡姆别腊回答。

潘柯向下瞧了一眼，忽然带住马勒。

"站住，马儿！你没看见海里有样东西在发光吗？"

"我看见的，主人，但是不必停下来。否则你要惹祸了。"

"嘿，惹祸！"潘柯高叫起来。"你怎么把我打量成个胆小的人了？往下面去，到海上去！"

马儿鼓动着翅膀，在蓝海的波涛上飞了过去，落在一个岛上。那儿，潘柯看见沙上有只金匣子。匣子里放着一束长长的女人的头发。这束头发软得像丝一般，在黑暗中放光。

"别动那些头发！"卡姆别腊忠告主人。"你会惹祸的。"

"让我惹祸好了！"潘柯说。拿了匣子，跳上马背，他们又向天空飞去。

谁也没看见他们。他们听见好像海里有女人的声音在叫喊。飞了整整一夜。早晨，潘柯远远地看到了一个陌生的城市的城墙。

"谁统治着这个国度？"他问卡姆别腊。"我想绕道过去瞧一瞧，那儿有些什么，缺些什么。"

"那儿是国王马拉统治的，"卡姆别腊解释，"他丑陋得像蛤蟆，狠毒得像蝮蛇。不用到他国里去停留了！"

可是潘柯这一次又不听从。

"我想看看这个丑得像蛤蟆，狠毒得像蝮蛇的国王。多少蛇给我打死在石头上和潮湿的有太阳的地方了，我还会怕他哩！"

"就这么吧，"恭顺的卡姆别腊同意了，比飞鸟还轻地向地上落了下去。"去瞧瞧国王马拉吧。只要拿了我的马勒，而且把它塞在怀里，你需要我的时候，就走到这儿来，弹弹马勒——我就出现了！"

潘柯拿了马勒。卡姆别腊把白色的翅膀一振，箭一般的向云中穿去，接着消失了。潘柯向城市走去。

在城门口，他听到擂鼓的声音。一个在市中报导消息的人，吃力地叫着，说国王马拉给他的种马，找寻马夫。

"难道你们这么懒，"潘柯问一个市民，"用得到打着鼓，给国王找马夫么？"

"唉，不是，我们不懒；"市民生气起来。"国王的马是狂暴的！给它们撕裂的已经不止一个马夫了，谁向它们走去，没有能活着出来的。因此马料和水全放在长棒上，老远的递给它们。"

"野狼都被我驯养了，"潘柯想，"难道我怕这些种马吗？"

他向那报导消息的人走去，告诉他，情愿在马拉国王那儿当马夫。

那报导消息的人把他领到国王的马厩边，远远地指给他看，那儿锁闭着国王的种马。潘柯捧了些稻草，又在鞍囊里放满燕麦，然后向黝黑的马厩走去，随手把门锁上了。

"上帝赦了他吧！"仆人说着，划了个十字。"他什么也不会剩了。种马把他撕碎了。他将从此解脱了！"

不过事实不是这样，门开了，潘柯出现在门槛上；他笑着，快乐地向马夫叫喊：

"为什么你们骗我，说种马狂暴呢？它们现在柔驯地在吃燕麦和稻草呢。你们的水在哪儿？我想给它们喝些水。"

他们把井指点给他看。潘柯把水桶盛满。仆人们奔到国王那儿去，把这奇怪的马夫说给他听，这人竟把狂烈的种马驯服了。

"不可能的！"残暴的国王疑惑起来。

"真的，国王！去，亲自去看！"

国王在仆人的后面跑着——他们看见潘柯提着满满的水桶，走进马厩去了。而且不但走进去，还随手锁上了门！

国王和仆人拥在小窗前——大家瞧马夫在做什么。

潘柯把桶放在地板上，从袋中摸出一个小匣子。打开匣子，马厩里亮了起来。由于雪亮的光线，种马闭上了眼睛，而且柔驯得像羔羊一般。这时潘柯走近它们，用梳子把它们梳理干净，然后才安全的向门走去。可是当他一关上小匣子，种马又猛烈起来，带着链子奔突着。

国王马拉命令自己的仆人拿住马夫。潘柯才跨出门槛，仆人就向他奔去，紧紧地把他系住。马拉国王伸手到马夫的口袋里去摸索，他取出一个小匣子，匣子才打开，立刻掩住了眼睛。匣子里是一束女人的头发，耀眼地发着光辉。

国王马拉走近捆绑着的马夫，对他说：

"听着，你这个家伙，要是你不对我说，有着这奇美的头发的女人是谁，我要杀你的头！"

"可是我就不知道！"潘柯说着，耸了耸肩膀。

"你别装傻！"国王高叫着。"或者你把这女人领来给我，或者我斩你的头！你明白了吗？我要娶她。"

"国王，你的话是很明白的，"潘柯说，"只是我不明白，在哪儿能找到这个女人。"

"这是你的事情，"国王若无其事地回答，闭上金匣子走向宫里去了。

他们把潘柯松了绑，放他去寻访那奇怪的女人。他走出城市，哭起来了。

"我哪里知道这可恨的头发是谁的呢！就算我知道吧，又怎样去找这女人呢？为什么我不听卡姆别腊……"

直到此刻，他才想起自己忠实的友人。掏出马勒，把它弹了一下，又弹一下——弹了三下以后，忽地看见卡姆别腊从云里飞来。

"喊我干什么，主人？"卡姆别腊问。

"喊你为的是发生了一桩大祸，连累我了，"潘柯开始诉苦。"马拉国王要我把那生着金头发的女人带来，为什么我不听从你呢？要是不停留在这可恨的国里，我们不好些吗？"

"别怕！"卡姆别腊安慰主人。"这些头发是海公主的，快些坐在我背上。我们试试，去把海公主带来。"

潘柯大喜，骑在马上，他们又向蓝海飞去。傍晚，他们停在海中的岛上，躲在靠岸的小树丛里。

"要等到月亮上来，"卡姆别腊说，"在那个时候，公主从海里出来，和小女伴们在沙上玩。"

于是他们躲在灌木丛中。

月亮上来了，波浪平静了。只有星星们在蔚蓝色的天空里，悄悄地闪烁。

忽然，沿着波浪，传来了奇妙的歌声。

潘柯从树叶的空隙处瞧去，看见了海公主。她躺在鲸鱼的背上，鲸鱼慢慢地逼近岛屿。鲸鱼的四周是无数的海豚。每只海豚背上都坐着美人鱼。有些美人鱼唱着忧郁的歌曲，有些吹着海螺。

"坐在我背上，"卡姆别腊悄悄地对潘柯说。"等公主一上岸，我就向她飞去，你抓住她，我们一块儿飞走。"

这么说，就这么做了：海公主还没走到沙滩上，卡姆别腊就像一朵白云似的，向她飞去。潘柯俯身下去，把她挟在腋下，这三个就一起消失在天空里了。

"偷我头发的不就是你么？"公主问。

"是我，"潘柯承认，"不过祸就出在这里，它们又被别人偷走了。"

将近天明的时候，他们到达了可怕的马拉的国里。

潘柯小心地把公主放在岸上，下了马，把马勒藏在怀里。马儿向云端飞去，潘柯带着公主，向王宫走去。遇见公主的市民都问潘柯：

“你带着这个漂亮姑娘上哪儿去呢?”

“到王宫里去,”潘柯回答。“她要做国王的妻子了。”

“可怜的姑娘!”年老的和年轻的都惋惜地摇着头。“怎么想到去嫁给那样的蛤蟆!”

仆人们通报给国王听,说他的未婚妻到来了。他走出来迎接她。

“光临了,我的美人儿!”国王微笑着,把自己那张蛤蟆嘴巴直拉到耳朵边,“现在我下令准备婚礼,没有理由迟延了。”

海公主回答他:“国王,不用急着成婚,你没找到我的头发之前,我不会做你的妻子。”

马拉国王快乐地拍了一下手。

“哦,要是只有这点障碍,”他高叫着,从袋里摸出金匣子,“那么一切妥当了!”

公主高兴起来,拿着头发,放在自己的头上。它们分披在她的肩上,照耀着她的脸。

“唔,现在不拒绝了!”马拉国王高兴地搓着手。

“别急,国王,”公主说,“我还没同意嫁你呢。”

“为什么呢?”

“因为你丑得像蛤蟆。我不要那样的丈夫。我要你变得漂亮些。”

“难道可能照自己的愿望变漂亮吗?”国王奇怪起来。“你怎么会这样漂亮的呢?”

“我所以漂亮,因为我在海马的乳汁里洗过澡。在这里面洗了澡,你就会变得漂亮。”

“我从来没听到世界上还有海马,也不知道怎样挤它们的乳汁!”国王在失望中叫喊起来。

“要是你不知道海马,我也不知道什么时候做你的妻子。”

这时,国王可怖地向潘柯瞧了一眼,对他说:

“听着,马夫!你既能找到海公主,你就能知道海马住在什么地方。走到厨下去拿个牛皮口袋,我命令你把它盛满了海马的乳汁!要是带来的不够满，我就砍掉你的头，像杀一只麻雀一样！"

潘柯懊丧起来，向海岸走去，取出马勒，唤着卡姆别腊。

"唉，老友！"潘柯叹口气。"我的痛苦不知道哪一天才完。现在马拉国王要着什么海马的乳汁。要是他在这乳汁里洗个澡，他就会漂亮起来。你知道什么地方和怎样找到这种乳汁么？"

"你随身带着皮袋吗？"马儿问。

"拿了。"

"那么快些坐上来！我知道海马在什么地方吃草的。它们很柔驯，不过雄马很可怕。因此我暗示它们和我赛跑，你就趁这时候挤母马的乳汁，把皮袋盛满。"

他们又回到遥远的岛上。卡姆别腊装作不会飞的一般，刺激着雄马们和它赛跑，一直把它们远远地引到岛的深处去。这时潘柯走近母马，开始挤着它们的乳汁。雄马们整日赛跑，潘柯整日挤着母马的乳汁。

早上，他敲着王宫的门。

"马拉国王，给我开门，我给你带了满满一口袋海马的乳汁来了！"

给马夫开了门。国王非常喜悦。仆人们把乳汁送到浴室里，注入一只大锅子里。

"去唤神父，并且敲钟！"马拉国王到马乳里去洗澡之前吩咐。"等我一出浴，我们就到教堂里去。擂鼓去！让全城的人都来看国王变得多么美丽。"

"别急，国王，"海公主又说，"要变得美丽，你必须在煮沸的乳汁里洗澡。"

"一个人怎么能在煮沸的乳汁里洗澡呢？"国王害怕起来。

"能与不能，我可不知道了！除非你在煮沸的乳汁里洗澡，否则我不嫁给你。"

"我一定洗，但是我要先让别人试一试！"国王决定了，就唤来潘柯。"听着，马夫，直到现在，你已做了许多奇事，我相信，这件事情你也做得到的。现在到煮沸的乳汁里洗澡去！"

"我洗，国王，不过得放我去和世界诀别一下！"

"唔，去吧，如果你要这么做的话，诀别了快些回来：人们已经集拢来观礼了。"

潘柯奔到岸边，弹着马勒——马儿飞来了。

"我唤你，我忠实的朋友，为的是和你诀别。国王马拉要求我到煮沸的乳汁里洗澡，"潘柯说着，开始哭了。

"你别忧愁！"卡姆别腊安慰他。"我现在就变个驴子。你把我带进宫去，系在那将要煮乳的锅子旁边。在你洗澡以前，我用一个鼻孔吹出凉气，另外一个吹出冷气。信任我好了。你不会遭遇什么的……"

话还没说完，卡姆别腊已经变成了个瘦弱残废的驴子。潘柯把它牵到国王的浴室里去，并且把它系在锅子旁边，然后解衣开始洗澡。

火明亮地燃烧的，乳汁沸着，汩汩地响，但是驴子吹着它，潘柯甚至没有烫着。不但没烫着，而且变成个从来没有看见过的美男子。海公主一瞧见他，就对他非常满意，萌生爱意。

马拉国王差点儿没气得爆炸了。他迅速地解衣入浴。

"这癞疥的残废驴子干什么！"他说。

"但是必须这驴子吹乳呢！"潘柯解释。

"要是必须吹，那么我把自己比较好的马系在锅子旁边就是了！"马拉国王发着狠。

仆人们开始奔走起来。牵出驴子，把国王最好的马牵来。把它系在锅子旁边，但它恐怖着，只是跳开去。

狂怒的国王跳到煮沸的乳汁里去煮熟了。

可是性急的市民已挤进教堂的门。所有的人都想看一看，他们的国王怎样变美了。潘柯和公主双双出现在金车里时，所有的人真的惊呼起来。

人们高兴国王换了形，更高兴的是他的心也换了。

聒聒儿音乐家

　　秋天早就驱走了快乐的林鸟。寒风在重山里怒号，吹落了最后的发了黄的叶子，树叶和小雨点同时落下来。树林里又湿又冷。

　　但是在劳动者——蚂蚁的小屋子里，火堆里的火在快乐地毕毕剥剥。炉床边放着满储麦粒的橡实壳。

　　老年的母蚂蚁第一个坐近炉床，喊着：

　　"来呀，孩子们，吃午饭！"

　　母蚂蚁的儿子们，媳妇们，女儿们，很快地奔拢来，坐下来吃饭。

　　忽然，有谁在轻轻地敲门。外面传来不高的声音。

　　"谁在敲门？"母蚂蚁问。

　　"是我，蚂蚁妈妈！是聒聒儿音乐家，难道你听不出我的声音了？"

　　"你要什么？"母蚂蚁生气地问。

　　"难道你忘记了？"聒聒儿回答。"夏天，你给儿子娶亲的时候，我在婚礼中奏乐的。你允许我，将近冬天的时候偿付我奏乐的代价。"

　　"好事情！"母蚂蚁说。"这个过分劳苦了的漂亮角色，要求超额偿付了。我还第一次听到呢，奏乐也算得工作！"

　　"你不对，母蚂蚁！谁会做什么，就把这件事情当工作做。"

　　"照我看来，"母蚂蚁反对，"谁有着什么，就吃什么。"

　　"这话真蠢！"聒聒儿叫起来。"可怜我吧！难道你没看见院子里是什么样的天气吗？倾盆大雨，刮着风——我的翅膀湿透了，脚也完全麻木了。我已经两天没有吃过东西。开开门，让我烤烤火！该给我的也给我！"

"走开，无赖！"母蚂蚁叫着。"我不欠你什么。奏奏乐——也算工作了！好伟大的事情！"

母蚂蚁把门上了锁。可怜的聒聒儿低垂了头，拖着冻僵的脚，沿着泥泞的道路走去。

"哪儿去，聒聒儿？"松鼠问他。

"世界上没有真理了！"被激怒了的聒聒儿高叫着。"母蚂蚁给儿子娶亲的时候，我是他们的乐师。她对我说，搜集了食物的时候偿付我。刚才我去，她却把我赶了出来！"

"控诉去！"松鼠劝他。

"向谁控诉呢？"

蚂蚁王后。她住在深谷里，森林中。去告诉她！"

"好，我就去！"聒聒儿决定后就动身。

他还没走上一百步，遇见了个瓢虫。

"巧遇！打算上哪儿去呢？"

"到蚂蚁王后那儿控诉去。"

"你说什么，聒聒儿！"瓢虫高叫。"年轻的公主病重了。老年的蚂蚁王后正在可怕地发怒呢。要是你还想活下去，就别上那儿去！"

"要是我不去，也要冻死饿死了。"

于是聒聒儿又向前爬去。

直到傍晚，疲倦的他，才到达王宫。宫殿的四周筑着高墙。墙上有卫兵——有翅膀的大蚂蚁——在巡行。聒聒儿鼓足勇气敲门。

"你要什么，流氓？"守门的问。

"找寻真理！"

"真理？多可笑！听着，傻子，趁早离开这儿吧。年轻的公主要死了。谁也救不了她。二十个医生——大蜂和蝴蝶——已经砍头了，你还来寻真理！趁早走开吧！"

"我并不可惜自己的头。事情横竖一样的糟，让我进去。"

"对你说，走开！"

"放我进去!"聒聒儿嚷起来。

忽然,从宫里传出老王后可怕的声音。

"谁在下面叫喊?"

"不是我,女王!"守门的人叫着,跪了下来。"来了一个流氓,聒聒儿,是他在叫的。"

"砍掉他的头!"蚂蚁王后命令。

"在砍头之前,您听我说!"聒聒儿高叫。

但是可怕的蚂蚁王后已经到卧室里去了。

有翅膀的卫兵奔上来执行王后的命令。他们捉住了聒聒儿,领着他向绞刑台走去,那儿,已经有强壮和凶狠的刽子手在等着了。

聒聒儿知道死是逃不掉的了,就对刽子手说:

"我听到所有判处死刑的人,都有权利对最后的愿望作一个要求——这话是真的吗?"

"真的!"刽子手回答,"法律上是这么规定的,不过不常实行。要先看是怎么样的愿望。说吧,你要什么,那时我们再瞧吧。"

"我想在死之前,再奏一次提琴。"

"这愿望是可以完成的,"刽子手同意了,"奏吧……"

聒聒儿在绞刑台下面,拨了拨弦子。拉着琴弓,就唱起来了。

聒聒儿唱到了长满花朵的郊原,唱到了田野,唱到了森林里的飞禽,这些飞禽,他永远不能再见了。他奏着乐,同歌曲诀别。

聒聒儿——音乐家的歌是如此奇妙,如此忧郁,甚至刽子手的残忍的心,也怜悯起来了。他的眼里充满了泪。守门的开始哭了,卫兵也哭了。不过最有趣的事情却发生在女王的卧室里。

在奏临死之歌开头的当儿,抱病的公主,已经睁开了眼睛。她开始细听着,而且感觉到力量很快地回到她身上。心脏跳动渐渐有力,血液流动也快了,苍白色的面颊渐渐变得红润。

"谁在奏乐?"她用微弱的声音问。"这是多么奇妙的歌!"

"这是一个判处死刑的人奏的,"侍女解释给她听,"他在唱自己的最后一曲。"

公主起身，很快地走近窗子。卫兵，刽子手，守门的一看见她，就跪下来，含泪求告：

"发发慈悲呵，公主！赦了聒聒儿吧！这样的音乐家，是不能判死刑的！我们从来没有听到过这样好的歌曲！"

"领他上来！"公主下令。

聒聒儿才跨过门槛，女王就对他说：

"你救了我女儿的生命。我要把你所需要的奖赏你。说吧，你希望什么？是哪一种货财？"

"货财？不是的，女王，我不习惯剥削旁人的劳动来过日子。货财吗，你看到过奏乐歌唱的富翁吗？我不愿意忘掉自己的歌曲。我不需要你的货财。"

"你要什么呢？"

"我要真理。"

"真理？"

所有的人全惊奇起来了。别是聒聒儿饿昏了吧。他需要真理干什么呢？真理吃不得，喝不得。

"不错，是真理！"聒聒儿说。"在夏天，婚礼、洗礼和各种节日，都唤我们去的，我们没有时间积贮冬粮。他们许诺：'等着吧，聒聒儿，现在奏着乐，让我们欢娱，到冬天我们偿付你。'可是夏天才过——全忘了自己的诺言。没有一个愿意偿付奏乐的代价。好像奏乐不是工作！他们唤我们懒人，似乎只有他们是做工的！问问农民吧，他们会对你说，听到我们的歌声时，他们在热天割草，收获，耕地都比较轻松了，婴儿们睡在梨树下面的摇床里，谁唱温柔的歌曲给他们听的，难道这不是工作？我来的目的是对您说，我要求工作的代价，我要求我分内的。"

聒聒儿不说了。侍臣们垂下了头，老年的王后沉思着。直到此刻，她才听到这些话，她不知道该怎样办了。

"也许你是对的，但我不知道该怎么办"王后犹豫地回答。

"不知道吗？要是不知道，我就对您说。喂，书记，来！"聒聒儿吩咐王后的一个书记。"坐下，把我的话写下来。从上面写：

命令

命令所有的蚂蚁，他们应当支付的夏天的奏乐的代价，赶快付给聒聒儿。

从此以后，只要世界存在一日，聒聒儿敲门时，应当立刻开门。因为聒聒儿走到哪里，哪里就有歌曲，和这歌曲一同到来的，是来日较好的希望……谁不实行这命令，就处绞刑。

现在，女王，要是愿意，就在这命令上签个字，用飞得最快的使者，分送到所有的蚁穴里去！"

"听着，聒聒儿，我想到怎样酬谢你了。我任命你做御用的歌唱者。和我们在一起，用你的歌曲来使我们快乐。这样，你就永远温饱。生活在满足里，什么也不用顾虑。"

"唉，不用！"聒聒儿骄傲地高叫。"一个歌者不能做仆从，虽说是王上的仆从，我们的歌声只在空旷的田野里，草原上，自由自在地响着。我们贫困地生活，但是自由地生活。我不能在窗下高耸着绞刑台的屋子里歌唱。或者是佻忘记了，您的刽子手差一点儿没把绳圈套在我的颈上吧？要是愿意，就把命令颁发给蚂蚁们。不分送，您那些有名誉的蚂蚁不会实行的——这样就该知道了，聒聒儿永远不会在你们的嘉会上唱歌！再见了！"

骄傲的聒聒儿把自己的提琴塞在翅膀下面，礼也不行一个就走掉了。在路上阳光迎接着他，太阳好像故意上升，照耀着这个贫穷，但是自重而自由的歌者。

野兔的生活

飞陆是一只被遗弃的小野兔。他的爸爸被狼吃掉，姐姐被猫头鹰抓去。他生下后，妈妈在窝里整天哺育他，抚爱了他一个星期，她出去了。

起先，妈妈还常常回到窟里来给小野兔喂奶。她无声无息地回到了家里，拍拍耳朵，于是飞陆寻着这个熟悉的信号跑过去。

可是这种好景是不长久的，在三个星期后，她离开他了，这次分别以后，飞陆再也听不到妈妈拍耳朵的声音了。

照野兔的规矩，妈妈是不管小兔子的教育的，所以小兔子一生下来，妈妈就赠给他三样礼物：一件隐身衣，两只顺风耳，两双飞行鞋。

所谓隐身衣，就是野兔身上的泥土色的毛；两只顺风耳，就是他那对能够听见几公里外的小声音的大耳朵；飞行鞋，就是他的脚，他的前脚短，后脚长，脚端装着毛毡，走起路来没有声音，并且迅速，世界上任何动物都赶不上他。

飞陆住在森林的边境，在高原和盆地之间的半山坡里，一棵枞树底下。在那里，他在地下掘了一个窝。

他住宅上面的那棵枞树还很年轻，并且生得好看。它的丫枝接触着地面。在枞树四周，有苔藓和百里香。

枞树的一根丫枝稍微动了动，隔了一会儿又动了了动，一个褐色的小头谨慎地显露了出来。忽然，卜笃！飞陆跳到草上，用后脚坐着，竖起两只耳朵，前脚摸摸须，侧着头注视着盆地里的菜园，目光里表示出主人的身份。

他说："哦！一切都很好。我的萝卜生出来了，我的旱芹菜也生好了，我的甘蓝菜已经肥大了，我很想去尝一尝……喏！且慢，不要心急！现在还太亮，不适宜去接近那些房屋。还是先到别处去看看吧……"

于是，他翻了几个筋斗，跳了四跳，就爬到高原上去。飞陆把两只耳朵贴着背上，肚腹擦着地，一直很快地走到远处的小丘上去。他忽然停下来，把一棵甜萝卜四周的泥土挖松，叽叽吱吱地吃着甜萝卜。这是救饥的一顿午饭。然后，他又翻了一个筋斗，离开了那里。他在一只大竹鸡旁边跑过时，竹鸡立起身来。飞陆就一跳，朝另外一个方向奔去。又碰到一只田鼠，他就回头走去。回转身跑去，又碰到一只野鸡，于是他又翻了三个筋斗，很快地消失在树林里了。

夜来了，飞陆把耳朵朝着盆地那边倾听着。那边有汩汩的声音，是什么呀？是一条小河。那边传来咕咕的声音，是什么呀？是一只青蛙在唱歌。还有一个低微的叫声，是什么呀？一只蝙蝠在追捕飞蛾。喏！这一切都可以放心……狗已经睡了，村中的灯火也熄了，……我的朋友，飞陆，你可以下去了。

他走下有树林的山坡，穿过草地，在荆棘篱笆里打通一条路，直闯进菜园里去。

他到了菜园里，停下来安安定定地排着晚餐的菜单：

冷盆：莴苣

第一道菜：新鲜胡萝卜

第二道菜：新鲜白萝卜

第三道菜：各种生菜

饭后果品：旱芹菜

饮料：露水

于是，这个讲究吃东西的家伙，使用小偷的伎俩，跑遍一个一个菜园，去吃些最好最嫩的蔬菜。

旱芹菜真好吃，汁水多，正当他嚼着最后一张充满着露水的菜叶时，一只雄鸡啼叫了。飞陆连忙飞快地逃走，一眨眼，已经到了田野里。

繁星暗淡下去了，在东面的天边泛红了。忽然，有一样东西从他的鼻子下摆过，那是一只百灵鸟。她一直升上天去，叫着："的尔利，的尔利，的尔利……居衣脱，居衣脱，居衣脱……"意思是："晚上出游的动物，回家去吧。白天外出＋的动物，醒来吧。太阳照耀着，照耀着，照耀着。"

呼泼！呼泼！呼泼！飞陆回到了窝里。

整个白昼，飞陆在窟里睡觉，做梦。他的耳朵却不休息，在睡梦中依旧侦察着外面。他能听见在他领土里的一切行动：一只田鼠跨着急速的小步子，一条水蛇在石子间滑动，落叶的声音。

在他看来世界上只分两种声音：熟人的声音和敌人的声音。杜鹃的咕咕咕，蜂的嗡嗡嗡，鸽子的克罗克罗，青蛙的咯咯咯，雄鸡的喔喔喔，这些都是熟人的叫声。他听见这些声音，可以安安定定地留在老地方，但是下面那些声音，就会引起所有的野兔子的恐慌：乌鸦的克丫克丫，狗的汪汪汪和啪啪的枪声。野兔子一听见这些声音，唯一的办法就是逃走，拼命逃走！

飞陆分辨得出东南西北，从每个方向传给他各种不同的声音和香气。

夜来了，飞陆又开始他的游逛了。

呼泼！呼泼！呼泼！做野兔子真开心，可以跳跃，可以和风赛跑。飞陆没有一步路是斯斯文文地走着的，他总是不停地跳跳蹦蹦，摇动着长耳朵，打着圈子，在田地里和林子里奔跑。

为了便于在自己的领地里跑来跑去，不致迷路，他曾经在那里划了几条路线，几条不易看出的路，在那些路上染上了他自己的气味，他只要用鼻尖一嗅，立刻能寻到他的路。

这整个地方的东西，飞陆都能背得出，一簇簇的草丛，一块块的石头，一堆堆的泥墩，他都记得很熟，壕沟呀，树洞呀，荆棘丛呀，任何一个可以躲藏的地方他都到过。

他在奔驰中，假使瞧见了什么新东西，就要看个明白。如果遇到的是一块界石或者一根木桩，没有事儿，他就安心了。如果碰到的是一只动物，即使生得很小，于他毫无害处，譬如看见了一条壁虎，他就会害怕起来，要疯狂地逃走。唉！从来没有像他这样谨慎的了。

日子一天天过去，麦子已经生得又高又繁茂了。甜萝卜和胡萝卜的叶子遮没了小路，野兔子可以在那里行走，不被外界发现。从那时起，飞陆放弃了他的枞树。每天早晨，他凭着风吹送来的声音和香气，随意找一个新窝。

一天早晨，飞陆在他领地的极边，在两排美丽的白萝卜之间，掘好一条小沟，当作了床。他把两只耳朵平放在背上，头朝着北方，准备睡觉。可是，当他闭拢眼睛之前，他的耳朵竖了起来，他听见一只野兔子正在向他奔来，他还看见天空中有一只大乌鸦，朝着同一个方向飞来。卜笃一声，一只小小的雌野兔窜到飞陆的沟里来了。

"当心！当心！"飞陆向她低声说，"乌鸦追逐着你呢。你朝右走我的秘道吧，那条路通到我的麦田里，那边没有危险。我陪你跑吧。"

他们到了躲藏的地方，飞陆看看他巧遇的朋友，是一只漂亮的雌野兔，比他稍微年轻些。他遇到了一位同种族的朋友，非常感动，他的心跳动得很厉害。

他问："你叫什么名字？"

"我叫金莲花，你呢？"

"飞陆。"飞陆回答。

"飞陆，你救了我的性命。"

"金莲花，我们两个的领土很贴近，我们的年纪又不相上下，你独自一个儿，我也独自一个儿。我们做朋友吧，永远不要分开。"

从那天起，金莲花就和飞陆形影不离了。呼泼！呼泼！呼泼！飞陆从一条小沟里跑去，消失在矮树丛里。呼泼，呼泼！呼泼！金莲花跟随在飞陆后面跑去，也在远处消失。呼泼，呼泼，呼泼，他俩又出现在田地里了。他俩在开放着红罂粟花和蓝矢车菊的麦田里打滚，然后一道穿过他们的广袤的领地，去袭击一棵大花菜。他们吃好了大花菜，又到飞陆的老窝附近去，大嚼着百里香。多么丰盛的晚餐啊！

在月色皎洁的晚上，他俩到林间的空地上去跳舞。

有一夜，他俩又在那儿游戏，又在那儿翻筋斗，正在狂欢的当儿，遇到了一只狼，劈面向他俩走来。唉，多么可怕啊！他俩立刻逃走，逃得非常快！……他俩一口气跑了四五公里，后来又安全地聚在一起，多么快乐啊！

他俩在另外一个林间空地上，看见一只刺猬和一条蝮蛇在激烈地战斗着，看得惊呆起来。就在那里，他俩又遇见一只猪獾，慢吞吞地走过去，他俩讥笑他这副蠢样子。

有一天，金莲花在她那造在田地里的窝里休息，她觉得脚底下的泥土被顶起来了。一会儿，她看见一张鼹鼠的嘴从泥下钻了出来……

时间过去得很快，简直跑得比这两只野兔子的脚还快。到现在为止，他俩曾经躲避了各种危险。狼呀，鸢呀，都没有捉住过他们。有人也许会以为他们的脚上有什么魔法，才会闪电般地把他们带到安全的地方去。

然而，近来飞陆和金莲花有点不安定了，他俩从空气里探测到那边在准备一些事情。

有一天晚上，他俩醒来，朝麦田里看看，他们的美丽的麦田里什么东西都没有了。在原来的地方，是一片麦根，他俩再也不能在那儿躲藏了。此外，整整的一方苜蓿也不见了，胡萝卜和甘蓝菜也没有了。

一向震耳喧噪的蟋蟀，忽然不响了……在那些小丘上开满了石南科植物的花，远远望去一片赤紫色。还有那些杜松上结着一颗颗蓝色的小球。

飞陆向金莲花说：“这一切东西我都不欢喜。”

金莲花摇摇头说：“我们到树林里去跑跑，看看那里变得怎样了？”

树林里也变样了。到处是恐怖的神秘的声音，喃喃的声音，切察切察的声音！仿佛树林里充满了妖怪。

那是树叶在落下来。

金莲花颤抖着说：“快逃！快逃！”

夜来了，他俩走下盆地去，穿过了那些割光的田地，跳过许多水潭，最后在一道围墙前停下来。

飞陆向金莲花指指一条小路喊道：“从这里走去！”

草上落满了红苹果，果园里一片芬芳。金莲花啃着一只苹果，说道："飞陆，味道很好！以后，我们每天到这里来，好不好？"

飞陆翻了一个筋斗，算是答复她的问题。他拿一只苹果向斜坡脚下滚去，自己在后面追着。

他俩在那里过得很快活，直到雄鸡叫第一声时，才离去。

那是秋季里的一个平静的早晨，天空还是灰蒙蒙。忽然传来一个爆裂的声音，跟着第二响，跟着又一连几响，还夹杂着狂暴的叫声。

老鼠们唧唧喳喳地叫着逃到洞里去了。竹鸡和鹌鹑吓昏了，向四面八方逃走，有些竟朝着那些猎人猎狗走来的田里逃去。

飞陆和金莲花离开他们的窝，各人向一个方向狂乱地逃去：飞陆穿过田地去，金莲花向树林里逃去。

飞陆的耳朵平放在背上，疾风似的奔驰着。在他后面，他听见一只大猎狗的呼吸声。

这只狗是认得出野兔子的秘密踪迹的，他只要把鼻子凑到地上就能知道。他一边狂叫，一边追逐飞陆。飞陆向左边一跳，随即又向右边一跳。猎狗赶到这个地方，迷路了，在那儿停留了片刻，因此落后了一点儿。

平静的空气被枪声和叫声破坏了。飞陆越奔越快。他跑得非常快，生平从来没有这样快过。一眨眼，他已经跑到树林的边上了。猎狗呢，愤怒地叫着，舌头露出嘴外，继续在平地上奔跑。

飞陆觉得气力用尽了。他的心剧烈的跳着，呼吸都困难了。他疲倦得低沉了头，凑近地面。忽然，他感觉到他踏着的草上有一股熟悉的气味。这里一定是另外一只野兔子的小路！这个发现使他的精神振作起来。他就投到那狭隘的足迹上去。这时，附近一棵杜松的小树里出现了那只猎狗，呼泼！飞陆连忙拼命一跳，跳到旁边，朝着相反的方向奔驰而去。

猎狗一点没有察觉，他睁大两只血红的眼睛，鼻子老是在地面上嗅着，他跟随了另外一只野兔子的足迹追去了。

飞陆穿过了树林，来到沼泽的地方。他在那里不再听见人声，枪声也渐渐轻了。

他跳了几跳，跳到灯芯草丛里，他已经筋疲力尽，就躺在这个隐秘的地方休息。

他决定稍微迟些，在晚上离开这个避难所。几千万颗星星在天空中闪烁，四周很寂静。但是飞陆依旧充满着恐惧，啪啪啪的枪声和狗叫声似乎还在耳朵里响着。他用他的天鹅绒似的脚，比往常更加谨慎地向前走去。每隔一些时候，他停下来，竖起了两只耳朵，向各方探听。那些惊恐未定的鸟，还在睡梦中发出惊叫；一只灰色的鼹鼠，经过小路而去；远处传来猫头鹰的可怕的叫声。

飞陆虽然还有点害怕，但他终于走到平原里去了。他跑遍那些田沟，嗅着地上，倾听着。没有，金莲花没有经过那里。于是他又跳着大步出发，在树林里搜索，又是白费劲儿。

圆圆的月亮在天边照着，白光照彻了整个树林。

"一定是在树林中的空地上，在林中的空地上！"

不……在那里什么动物都没有。

"也许在果园里吧？她很爱吃苹果。"

唉！果园里也没有金莲花！飞陆忽然感到他永远找不到金莲花了。于是，在沉静的夜里，发出了悲哀的叹息，那是飞陆在哭他的金莲花。

此后就是灰色的白天和寒冷的夜，多么凄凉啊！不久，下雪了。这是漫长的冬天，对待飞陆那么刻薄啊！一切东西躺在一幅白色的寿衣下。旱芹菜呀，白萝卜呀，胡萝卜呀，苜蓿呀，飞陆只能在梦中见到它们了。

整整几个白天，他完全藏在灯芯草丛中的窝里，他饿得很虚弱。如果他能够一动不动安静地留在那里就好了！可是饥饿强迫他起来。他一步步困难地踱到丛林旁边，试着啃落叶松和亚拉吡亚护谟树幼树的树皮。

唉！这哪里说得上是一顿美餐呢！他记得离开那里不远，有墨黑的小野李冰冻在树枝上。他就跑到那里去，把那些酸酸的果子狼吞了一顿。

飞陆说："要是金莲花在这儿就好啦！"

他外出冒险了一阵子，就很快地回到灯芯草丛里。他在那里伸长了身体，头朝着南方，躺着睡去了。

有时候，一道淡弱的阳光射醒了他。白雪融了一点儿。那时，他就在田地里跑着，那边他还剩下几棵叶子变红了的甘蓝菜呢！吓！这到底比树皮好吃得多了。

最后，雪完全融化了，这一回好了。到处是烂泥。飞陆看见冬麦开始出芽，非常惊奇。多么幸福啊！他又在田地里了，已经好久不翻筋斗，他在那里，新年中第一次又翻了一个筋斗。

风和太阳渐渐地弄干了烂泥，草开始绿起来了。雏菊已经开花，蜜蜂飞出了蜂巢。

飞陆在一棵野蔷薇下休息，在阳光下他不得不闭拢眼睛。

他说："我到树林里去看看经过情形吧！"

树林里到处是白色的松雪草。松鼠们在丫枝上互相追逐，小鸟们在唱歌。飞陆开始快乐地跳跃着。

一阵微风吹起，带给飞陆一阵熟悉的香气。他不知所措了。隔了一会儿，他跳了几跳，就和一只美丽的雌野兔劈面相遇了。

他们互相仔细地端详着，摇着头嗅着，竖起了耳朵。

忽然，飞陆快活地打着圈子。她，是金莲花，一点不错，她是金莲花！

飞陆欢呼道："金莲花，金莲花！"

金莲花低下头，表示没有认错。

"金莲花！我能够再看见你，多么幸福啊！你哪里知道我没有了你，多么不高兴啊！"

"讲到我吧，自从那个恐怖的早晨以来，我也没有一天快活过。……你记得么？当我听见那些狗的叫声和枪声以后，我就像疯子似的狂奔着，一直奔到晚上。我停下来时，发现自己到了一个完全陌生的地方，可是那里到还安静，所以我就不敢回家了。后来，冬天来了，白雪遮盖着大地，我找不到自己的路了。唉！我孤单单的多么寂寞啊！"

飞陆忍不住问她："现在，你将在这儿住下去吗？"

金莲花回答："现在，我要在这儿住下去了。"跟着她轻轻地添加了一句："同你在一块儿。"

这个回答让飞陆高兴得翻了十二个筋斗，他做得很迅速，很好看，很快乐，以前他从来没有这样做过。

金莲花看看他，说："飞陆，你还像一个小孩子，照你的年纪不能再这样了。"

可是，等了一会儿，聪明的金莲花被欢乐鼓动着，她自己也翻起筋斗来，翻得比飞陆更起劲，更好看。于是他俩一起玩着，一直玩到早晨。

当他俩听见百灵鸟唱歌的时候，飞陆凑着金莲花的耳朵说："金莲花，我想和你结婚。"

金莲花含羞地问："什么时候？"

"当苹果树开花的时候。"

苹果树开花了，苹果树上美丽极了！

飞陆和金莲花结婚的日子到了。飞陆在一个田沟附近恭候金莲花。当他见到了她，他抑制了呼吸，欣赏着她的美丽。

一道阳光把草尖染成金黄，新开的花散放出幽香，林间的小鸟合唱着，一同庆祝飞陆和金莲花的婚礼。

熊的故事

（一）　毛粗粗醒来了

　　森林经过了一番冬眠，又恢复了原来的生气。咕咕……咕咕……四面八方都有杜鹃的叫声，报告春天已经到了。

　　一张可怕的嘴，两只半开半闭的眼睛，从一个巨大的树根底下探出来了；一只粗大的脚，也从一个洞里伸出来了。啊！那是一只名叫毛粗粗的棕色熊，她从洞里钻出来了。

　　她已经五个月不见阳光，五个月没吃东西了。她在地下足足度过了五个月，不是睡觉，就是自言自语地讲些熊的故事。

　　好久不见的阳光，照得她睁不开眼睛；新鲜的空气，吹得她头脑发昏。她打打呵欠，伸伸四肢，嗅嗅秋天落下来的松针和新生的苔藓。然后她看看身上的杂乱、肮脏、黏手的皮大衣。

　　"泼希！泼希！"怎么这样脏啊！应该弄得干净些呢！毛粗粗喃喃地念着。

　　她先把身上的毛轻轻地拍了拍，再在地上打了一阵滚，然后慢慢地向周身刷着，舐着，一直舐到脚趾尖上。

　　她整理得很满意，向洞里望了望，原来里面还有两只小熊：一只叫巴卡，一只叫蒲吕。突然，毛粗粗不打一个招呼，自顾自地走开了。她在乱石上和砍倒的树木上跳过去，打一堆乱石四周绕了一圈，走到一个洞前站住了，那里就住着她的丈夫布夫。她在洞口叫喊，起先很轻，后来越喊越响，最后简直是狂吼了。布夫才出现在洞口。

毛粗粗见了丈夫，顿时觉得：他瘦了。记得在去年秋天，他还是一只强壮的大熊，身体重得可怕，走路时，树枝在他脚下发出咭吱咭吱的声音，土地在他脚下发出咚咚咚的反响。

毛粗粗说："好丈夫啊！你瘦得多了。"

"你呢？在这五个月里，难道饿胖了吗？"布夫打了一个呵欠说。

隔了一会儿，布夫问："在森林里有什么新事情？"

毛粗粗说："春天来了，还有……你猜得到吗？"

"什么事呀？"

"我们有了两个小孩！真想不到，那男的像你；那女的生得很美很美！完全像我。真是一对小宝贝，多么好玩啊！你还不知道呢，他们的头颈里，生着一圈白毛，好像戴上了一条小小的白项圈，真是可爱极了，还有……"

"得了，得了，待他们长大一些，你再来看我吧。"说完这句话，布夫毫不客气地转身爬进石洞里去了。

（二）蒲吕和巴卡

蒲吕和巴卡是在去年冬天生下来的。那时候，整个森林静睡在白雪里，各种野兽躲藏在洞窟里。在灰暗的天幕底下，只有狼还在大地上徘徊，乌鸦还在空中乱叫。

那时，毛粗粗独自躲在洞里非常苦闷，待孩子生下来后，她就非常快乐了。

她的孩子初生时，小得可怜：不过像老鼠那么大。眼睛闭着，冷得发抖，毛粗粗常常温柔地舐着他们，抱在怀里，用奶去喂饱他们。不久，巴卡和蒲吕的眼睛睁开了，变成较为像样的小熊了。

他们应该渐渐地长大长大，直到第二年冬天，他们还得继续长大长大，直到第三年冬天，才能生得像贝斯登那样。至少在四年之后，他们才可称为成熊。

他们在很小的时候，就懂得妈妈的话语。当他们会扯她的毛或咬她的耳朵时起，就要求她讲些古时候熊的故事。

他们听了妈妈讲的故事，沉思着这个为野兽和流泉热闹的、浸在温暖的阳光里的、差不多到处隐藏着美食的奇异的世界。他们的好奇心是永远不会满足的。

"妈妈，橡实好吃呢，还是蜜好吃？"

"妈妈，洗澡有趣呢，还是爬树有趣？"

一个关于他们祖父塔脱拉克战绩的故事，是他们顶欢喜听的。

毛粗粗把这个故事讲到第一百遍了："塔脱拉克爷爷是一只著名的大熊。身体有八百斤重，当他的后脚站起来时，从头到脚有两公尺长……当那些牲群误入他的广大的领地时，当他饥饿的时候，他就到牲群吃草的平原里去，看准一只孤独的牛，他就用脚一踢，击断了牛的背脊骨……"

可是，这一天，毛粗粗没有把故事讲完，杜鹃的叫声打断了她的话，她站起来嗅了一嗅，快乐地说：

"孩子们，冬天过去了，现在可以出去了，你们在这儿等着，我回来找你们。"

（三）　贝斯登

布夫在岩石后面消失了，毛粗粗抱怨地说："什么东西呀？"她不敢耽搁，从急流那边走下来，一直走到橡树旁边，去唤醒她的长子贝斯登。贝斯登是一只漂亮的中熊，住在那里，已经两年了。

她说："你有了一个弟弟和一个妹妹。他们生得很小很小，我又要去找食物又要领他们去森林学校，我不会同时照顾他们两个。唉！你可知道你爸爸是怎样的家伙？他老是在树林里跑来跑去，一点不照管家庭，好像一根烂木头。我需要一个带领的人来帮助我抚养这两个孩子。我想到你已经到了能够自己寻食的年龄，并且眼前还是一个独身汉，再过一两年家庭生活，对你一定没有什么妨碍。这是你该相信我的。"

贝斯登还来不及拒绝，毛粗粗就粗鲁地指着道路，咆哮道："走，向前走吧！"

到了春末，巴卡和蒲吕已经断奶，毛粗粗和贝斯登认真地教育着他们。

按照熊的智力，幼儿教育分为两年：

第一年的功课，小熊应该学会：嗅、听、游戏、斗、抓、爬、挖掘、奔、自己吃东西和游水。

森林就是学校。

课程：没有固定的时间，在散步中看当时的情形，举行各种练习。

教法：先由妈妈教一遍，再由贝斯登带领他们复习。

训诫：如果孩子不专心听讲或把练习做错了，贝斯登就打他的头。如果犯了大错，就请妈妈来惩罚他。

可是，毛粗粗不像一般的妈妈，把时间完全花在束缚孩子上面。

"不要吵，好好地玩啊。"到这儿来，到那边去。"回答我，——别多嘴。"

不，她让他们尽情地玩，除非在危险的情况下，才去阻止他们。她会舔舔胆大的孩子的嘴，鼓励他的勇敢行动。

可是，每逢蒲吕想乘人不备，离开集体，妈妈就向他踢一脚，让他滚到十五步外。有时，贝斯登呆看着叶丛，也会受到一掌，打得他四脚朝天，躺在地上。妈妈还要哗啦哗啦地说：

"这是教训你管兄弟的！"

一只小熊，如果在妈妈的照看之下，是不怕任何野兽的。相反，如果一只孤单单的小熊，就容易碰到不好的遭遇，即使是一只饿狼，也会去欺负他。所以小熊必须由大熊保护。当他们去散步时，毛粗粗总是走在前面，小熊跟在她的两侧（左侧是蒲吕，右侧是巴卡），贝斯登走在最后。

（四）森林里的娱乐

在森林里散步真有意思啊！

他们每走一步，森林就变换一副面目。他们穿过不少矮树丛，来到一片大树林里，那是一块可以自由自在奔跑的地方。他们走下一片水洼，再向上走，越过岩石，忽然跑到一片昏暗的密林里，经过一段难走的路程之后，就进入一片阳光普照的林间空地上。这是小熊们顶欢喜的游戏地方。在那里，曾被飓风拔除、折断、吹倒几百棵树木。这些杂乱无章的树，构成了迷宫、隐藏所、木桥、躲雨处和晚上的窝舍；当天气不允许他们睡在露天时，他们就睡在这些窝舍里。

他们四个走到一棵当作观象台的大枞树前，爬上去玩着。两只小熊在枝头上荡来荡去。贝斯登望着附近的一条急流。毛粗粗呢，用鼻子、眼睛和耳朵察看着这片大森林的四周。

他们在枞树上玩了一会儿，在地上采些蔬果吃。蒲吕发现一个最好的跷跷板，那是一棵小树横搁在另外一棵大树上造成的。巴卡在这一头，蒲吕躲在那一头，一上一下地玩着，不倦地玩着，直到贝斯登来叫他们去散步或洗澡为止。

（五）两个好学生

在雨季以前，巴卡和蒲吕心里明白他们要做些什么。毛粗粗这样想："不必担心，他们是相当聪明的。"

起初，巴卡专心致志地练习爬树。虽然贝斯登曾经好好地教过她紧抱树干的方法：靠左足趾的帮助，用前肢抱住树干；熊妈妈也曾经鼓励她，可是她总做不好。不久，她的机会来了。有一天早晨，贝斯登从一棵棠梨树顶上丢下一束红熟的棠梨。巴卡马上抱住了那棵树，一步，两步，三步……爬到了顶上。她在最大的树枝上坐下来，独自吃着这些野果子，把家里的人都忘记了。

蒲吕对于挖掘是不高兴的，他说："这要弄痛我的脚趾；挖掘时要弄痛我的脚趾呢！……"

可是有一天，贝斯登替他的弟弟掘起泥土里的可吃的东西，新的奇迹来了，蒲吕改变了说：

"贝斯登让我自己试试看，好不好？让我稍微掘一下，好吗？"

讲到"嗅"，做得还不差。

毛粗粗喊："嗅啊！"

贝斯登也严肃地喊："嗅啊！"

两只小熊就跟着说："我们嗅啊！"于是他们哄夫夫哄夫夫地嗅起来了。

他们能够在杂乱的草木里拣出那些芬芳的花球来。此外，他们已懂得用前脚拿食物吃，自己洗脸，游水，乘机猎取小兽；他们差不多已学会了一切。

（六）过冬的房子

第一片树叶变黄的时候，妈妈对他们说："不久就要冷了，现在应该寻一所过冬的房子了。"

蒲吕想到水洼旁边有一个洞窟，但那洞口是正对北方的，北风会不绝地吹进去，不很相宜。

巴卡向一棵老橡树俯下身去，看看那里的洞，里面太狭小，一家人容纳不下，也不相宜。

毛粗粗找到一个大土墩，是一棵倒下的山毛榉根上的泥土堆成的，似乎是一个最适宜冬眠的地方了。她说：

“这里正对南方，比较适宜些，我们就挖掘吧！”

于是他们四个开始工作，不久，挖成了一个地下室，里面很大，很温暖。贝斯登去折了几根枞树的细丫枝，铺在窝里，当作卧褥。

毛粗粗说：“现在，去吃东西吧，你们能吃多少就吃多少，因为不久你们将不吃东西了。”

说罢，她带他们到橡树林里，采吃橡实。吃了一会儿，又到松林里去吃松子。小熊吃时装着鬼脸。她推着他们说：

“吃呀，吃呀，在松子里有油质，吃了可以供给过冬的热量和气力。”

他们在那里停留了一会儿，毛粗粗感到一阵寒风，抬起头来看看阴沉的天空，说：

“快下雪了，该回家了。我们要睡在窝里，一动不动，直到明年春天，天气暖和了才出来。走吧！”

孩子们走在前面，毛粗粗一路走一路把足迹抹去，使人和兽都不能发现他们的去处。

（七）五个月后

在下一个春天，长距离的奔走代替了以往的散步。毛粗粗落在后要，让孩子们养成不依赖她，自己保护自己的习惯。

小熊的第二年功课应该准备独居的自由生活。巴卡和蒲吕学习自己寻找食物，辨别方向，认识各种好吃的野兽和植物，并且辨别哪些吃了要泻、要肚子痛的植物。

蒲吕利用他第一年学到的“嗅”的知识，常常在草丛上、石堆里和树根里嗅来嗅去，随后抬起头来吃些山毛榉的嫩叶和榧树的花芽。他的奇妙的鼻子会告诉他地窖里住的是什么样子的居民：这里是一只狐狸，那边是一只猪獾，另外一个地方，住着扬鼠。“喂！喂！向这里掘下去吧。”

他的奇妙的鼻子，会告诉他一只雌野猪曾经跟一只小猪穿过这矮树丛；一只母鹿和她的小孩曾经打那里走过。

一只受过相当教育的熊，凭了这样一个鼻子，能在晚上闭着眼睛辨出林间的各种树木，各种形式的松子，各种性质的草。他还得认出生莓子和熟莓子，认得出开放的小白菊和未开放的小白菊；这是不容易的，可是蒲吕都能分辨得一点不错。他只要把鼻子略微伸出些，就能预言：在什么地方有一簇香菌将钻出地面，或者一只水獭要在河边晒太阳，他身上带着一股潮湿的气味。

这真是超级灵敏的嗅觉啊。

（八）　一只聪明的小熊

在八月中旬，蒲吕——比巴卡早一些——已经有了认识动植物和辨别方向的必须知识，其他更不必说了。

离开百步远，他只要一瞥，就能认出一只山猫跳到一只野猫身上。

他张着耳朵能够分辨出细腰蜂和蜜蜂的声音；能够分辨出樫鸟和喜鹊的叫声。

他决不会把好吃的香菌和有毒的香菌搞错；更不必说，那些吃了会泻的鼠李的果子或可以吃的羊桃的果子了。

讲到辨别方向，他知道：一、急流的岸边是与村庄的大路通连的；二、有几条小路是通连急流的；三、急流的中段是浴池；四、世界上最好的两个地方是在"浴池"的两侧，东面是大空地，西面是蒲吕发现并题名的蒲吕果园；五、在急流的上流有一个落叶松林，再过去是枫树、枞树、山……六、在急流的下流有巉岩、橡林，过去有一个湖；七、其他各处都是森林。

巴卡欢喜幼时常去的林中空地，但蒲吕认为蒲吕果园顶好。

那是一个荒野的地方，是森林中间一个无人达到的地方。那里布满大岩石，在岩石间生长着许许多多荆棘和许多小树，结着好吃的果子：覆盆子、棠球、桑子、小野李和其他种种球果，这些都是蒲吕这样的熊所喜欢吃的。毛粗粗的儿子常常如是说：

"待我长大后，我将要常住在那里。"

（九）蒲吕的盛筵

一家人在岩石荫里午睡。毛粗粗睡熟了，巴卡在做梦，贝斯登发着鼾声。

蒲吕呢？他一点不想睡，他玩着一根野鸡毛，发出快乐的小叫声。那些树木也在发着声响；几百只鸟一齐唱着。蒲吕突然跳起来：原来在这混杂的声音里，他辨出了不易觉察的嗡嗡声……是一只蜜蜂。

"一只蜜蜂！一只蜜蜂！……"

在那边，她在一棵蓝色的党参上飞翔。唯一的一只蜜蜂，蒲吕已经想到了那个储满着蜜的窝。这使他忘记了睡熟的一家人。他唯一的念头是：视线切勿离开这只小飞虫。

于是一场有趣的赛跑开始了，两张轻捷的翅膀对着四只粗大的脚作着比赛。

那只蜜蜂钻进了急流旁边的草丛里去，她的样子仿佛要和那里的一切花草拥抱一下。蒲吕窥伺着她的举动。

"真糟糕，多么长久啊！"他说。

可是，不必他多费心，一忽儿那只蜜蜂从草里飞出来，朝着急流那边飞去了。蒲吕连忙投到水里，注视着嗡嗡的蜜蜂游过去。

蜜蜂飞着，飞着……蒲吕奔着，奔着……

她飞过一棵忍冬时，轻触着盛露的花瓣，乘便吸了一口，在那里停留了一会儿，一忽儿不见了……一忽儿又出现了，最后终于在一堆野草里消失了。

蒲吕向上下左右看着，找不到！呼吸了一口气，发着又疲倦又忧愤的叫声，走近一棵植物的根旁。他懊丧地站在那里，忽然，嗡嗡嗡……嗡嗡嗡……刚才失去的蜜蜂，又在离他两步之外飞着。他的感情又激动起来了，肌肉紧张，头抬起，向前冲着，去追她。现在，那蜜蜂恰好飞在他的面前。蒲吕在荆棘里困难地开辟一条路。蜜蜂加速飞行，蒲吕拼命奔着，忽然他又停止了。

那只蜜蜂消失在一棵枯树的裂缝里了。这棵树好像着了魔的样子，会传出一阵音乐。那是千把只蜜蜂的合唱曲，原来里边是一个蜂窝。

蒲吕屏住呼吸，轻轻走进去，揭去了遮蔽蜂窝的干树皮。

营营营，营营营，营营营……几百只蜜蜂飞出来攻击这个毛茸茸的小偷，幸亏他的皮厚，可以抵挡他们的毒刺。

他的脚触到一样微温的胶黏的东西，他敏捷地把脚缩回来，贪吃地舐着芳香的蜜。那蜜正从他的脚上一滴一滴地流下来，流到他的棕色的衣服上，一条直挂到地上。

那些蜜蜂看到这种情形，加倍愤怒起来，更加激烈地向他攻击。这一回，她们的刺不断地刺着他的鼻子和嘴唇。

蒲吕发出疼痛的呻吟："呜呜呜！呜呜呜！"

可是蜜的香味比这些可恶的刺还强，所以他仍旧一再把脚伸入树洞里去。

当他舐完了最后一滴蜜，就奔逃开去，避免敌人的最后攻击。

"呜呜呜！"他的头疼痛了，嘴唇麻辣辣的，鼻子肿了，肿了，肿了……

这时候，蒲吕才想到了家里的人，他望望淡弱的太阳，咿咿唔唔地说：

"这时候，他们一定在洗澡了。我应该顺着急流走去。快走，快走！"

（十）捉鱼

毛粗粗浸在急流里，水齐到腰间，她似乎在水中察看什么东西。忽然，笃的一声！经她熟练的脚一击，把一条如电光般闪亮的白鲈鱼从水波里抛到了岸上。

巴卡饱饱地吃了一顿，她不再去吃小鱼了。这时贝斯登告诉她一个古老的食谱：把其余的鱼堆积起来。

把新鲜的白鲈鱼压死，挖一个潭，把他们放在里面，盖上草、泥土和石子。这样藏一个时期，直到他们刚巧腐烂为止，才拿出来吃，味道真鲜美。

"哦！这个并不比蜜好吃啊！"蒲吕刚刚气喘喘地赶到，说了一句。

"嘿！混账东西！他找到蜜了！"

"你们看吧，我的鼻子弄成什么样子了！"

巴卡看了蒲吕的鼻子，捧腹大笑着："哈哈哈，哈哈哈……"

贝斯登叱责道："好，你来了，等一会我来教训你！……"

"贝斯登，不要打他，不必打他！"毛粗粗喊道："他已经不是一个小孩子了，他已经到了自己管自己的年龄了。并且不久，我们就要分离了。让他去过熊的独居生活倒是好事。让他每天随心所欲地去走走。我断定他到了晚上一定会找到我们的。巴卡应该以他为榜样学学。"

（十一）称心如意的一天

第二天，蒲吕起身后，第一个念头是："自由，我是自由的！……"第二个念头是："那个果园是属于我的！……"

于是，他轻捷地走出去，先移动两只左脚，再移动两只右脚，这是历代以来熊的步行方式；所以他们的走路样子很滑稽。有人把他们的走路，比作一个毛茸茸的大球在滚动着，在树林里滚过去。

霍蒲！霍蒲！蒲吕向急流滚去，吃几口生在岸边的肥草，饮几口水，开开胃。

霍蒲！霍蒲！他走到了果园里。他吞下许许多多野果，把肚子吃得饱饱的，他坐着，开始做着用脚绞盘的游戏，使得肚子容易消化。这是有趣的游戏：他的脚绞来盘去，简直叫人分辨不出他的前脚和后脚。

至少玩了一百次，蒲吕才放开脚来。这时传来一阵辛辣的气味，他就行动了，他伸出鼻子，朝着一个蚁穴走去：那是一个很大的蚁穴，正是熊所想望的。

蒲吕好闲地看那些忙碌的蚂蚁来来往往地行动。他的眼睛里放出作恶的光芒来。他把脚舐了又舐，一直舐到膝头，等到涂满唾液，就把脚伸到蚁穴里去破坏。那是一个蚂蚁的城市，里面有街路、屋宇、育婴房等等，一下子都被他破坏了。蒲吕把粗大的脚收回来，脚上黏着无数红蚂蚁和无数微小的卵，经他的舌头舐了四下，都到嘴里去了。他继续不断地做着同样的工作，好像他生来是专门去破坏蚂蚁窝，非把他们吃个精光不罢休的。

跟着，他又天真烂漫地逛去了。

霍蒲！霍蒲！他把一粒松子在他面前滚着，恰巧滚到一棵大松树的脚边。好奇心又驱使他爬上树去向四周望望。他看见离开那里不远有一只松鸡，睡在一枝低垂的丫枝上。在他的脑里立刻产生一个坏念头，他爬下松树，走近松鸡，当他十分接近时，就伸出前脚去捕捉，结果只拔掉了松鸡尾部的几根美丽的羽毛。松鸡惊醒了，睁开眼睛，叫一声就飞开了。

蒲吕察看着拿住的几根青羽毛，羽毛镶着红白的边，真美丽。他把那些羽毛一抛，任它们飞散。其中一根落在一只大香菌旁边的苔藓上。蒲吕走前三步，……哈哈！一只大香菌，还有一只泥土色的蛞蝓在它上面蠕动，蒲吕一口吞到肚子里去。

于是，霍蒲！霍蒲！他又开步走了。老是东张西望，永远不觉得疲倦，从来不会嫌饱，什么都觉得好玩。

有时候，在太阳落下去以前，蒲吕到林间的空地上去找巴卡。巴卡在那里完成了她的独居的一课。

蒲吕在很远的地方就嗅到她了，他喊："哀儿！哀儿！"

巴卡回答："各夫！各夫！"

他们会见后，互相讲述一天的事情。有时这一个，有时那一个，自夸最会吃、最会作恶、最会抢东西。有一天，巴卡赶着一群无辜的小鹧鸪。有一天，蒲吕拔起一棵小小的山毛榉，试试自己的气力。有一天，巴卡报告她怎样滚在泥潭里，解决了身上的蚤虱。有一天，蒲吕报告捉住一只小鸟，一只山鼠，一只青蛙，在吃果子和青草时，还十分仔细地捉出了几个幼虫。

他们尽情地闲谈了好久，时候不早了，预备去找毛粗粗和贝斯登了。于是，凭了他们的嗅觉，在夜幕降临以前，寻到了他们。

（十二）分别

日子一天天过去，太阳落下的时候，一天比一天早了。

有一天早晨，在白茫茫的黎明时，毛粗粗改变了已往的自言自语，说："喂！"

跟着严肃地喊："听呀！"

然后又说："起来！"

她把鼻子伸到他们面上，闪着眼睛，仔细察看着。庄重地说：

"孩子们，你们长大了。你，贝斯登，你可以回到你的树林里去了。不久，你该结婚了。你，巴卡，还有你，蒲吕，现在你们应该按照熊的老规矩，各自在森林里找一块地方，自任那里的主人……"

蒲吕说："我喜欢那个果园！"

巴卡说："我喜欢那块林中的空地！"

"好的，……至于我，我要去看看你们的爸爸布夫，不知他怎样了。你们切勿忘记我们教给你们的一切事情。当你们开始独自过活的时候，我们考你们的每一样知识，都是有用的。

"你们将快乐地回味着为什么贝斯登和你们的老妈妈毛粗粗，当你们懒惰或不听话的时候，要咬你们的肋骨。现在，你们可以去了！"

森林里发出响亮的吼声，罩没了所有的鸟叫。这是毛粗粗、贝斯登、巴卡和蒲吕在互相告别。

于是，他们四个朝着四个不同的方向走去了。

渔夫和他的妻子

　　从前有一个渔夫，他和他的妻子住在海边的一个猪栏里。他每天出去钓鱼；他钓着，他钓着。有一次，他拿了钓竿坐着，看着那清澈的水；他坐着，他坐着。后来，他的绳子忽然被吊下去了。吊得很低；他把它拉起来，就带了一个大的比目鱼上来。比目鱼对他说："你听我讲，渔夫，我请求你放过我。我其实不是一条比目鱼，而是一个被蛊惑了的王子。你杀了我有什么好处呢？我并不好吃。你还是放我回水里去，让我走吧。""好的，"渔夫说，"你不需要讲那么话——一条能够说话的鱼，我无论如何都要放它走的。"他说了，就把它放回清澈的水里去。比目鱼沉到底下，留下一条长的血迹在他后面。于是渔夫起来回家去，回到猪栏里他太太那里。

　　"丈夫，"那女人说，"你今天没有捉到什么东西吗？""没有，"男人说，"我捉到了一条比目鱼，但是他说他是一个被蛊惑了的王子，因此我就放了他回去。""你没有先向他要求什么事情吗？"女人说。"没有，"男人说，"我有什么事情要要求呢？""啊，"女人说，"我们老是住在这个臭得讨厌的猪栏里，这当然是一件苦事。你可以要求他给我们一间小的草屋。你回去叫他吧。告诉他我们要有一间小的草屋；他一定会给我们的。""呃，"男人说，"我为什么还要到那里去呢？""哦，"女人说，"你捉到了他，又放他回去，那他当然肯替我们做这件事的。你马上去吧。"男人还是不大愿意去，但是他不愿意反对他的太太，于是他就到海边去了。

　　当他到达海边的时候，海水全是绿色和黄色的，不再像以前那样平静了；他站着说道：

"比目鱼，海里的比目鱼啊，

请你到我这里来吧！

因为伊莎蓓尔，我的好妻子，

自有主张，不听我的话。"

于是比目鱼游到他这里，说："她有什么事呢？""哦，"渔夫说，"我上次捉到了你，我的妻子说我其实应该向你要求一点东西的。她不愿意再在猪栏里住下去，她想要有一间小的草屋。""你回去吧，"比目鱼说，"她已经有了草屋了。"

当男人回到家里的时候，他的妻子不再住在猪栏里了；猪栏没有了，以前是猪栏的地方，现在立着一间小草屋：她正坐在草屋门口的一条板凳上。她就拉了他的手，说："你到里面来看看。你看，这不是比以前好得多了吗？"他们就走进去。屋里有一个小的走廊，一个小客厅和卧室，一个厨房和食物贮藏室；都放着最好的家具，装着最美丽的锡制品和黄铜制品，一切需要的东西都有。在屋子后面，有一个小的院子，里面有鸡和鸭；又有一个小的花园，有花和果子。"你看，"太太说，"这不是很好吗？""是的，"丈夫说，"这样很好——现在我们可以满意地住下去了。""我们等一下看吧，"太太说。于是他们就吃了一点东西，上床去睡觉了。

有一两个星期，一切都过得很好。以后那女人就说："你听我讲，丈夫！这间屋子给我们住是太小了，花园和院子都小；那比目鱼可以给我们一间较大的房子。我倒很想住在一座大的石头造的城堡里。你到比目鱼那里去，叫他给我们一座城堡吧。""啊，太太，"男人说，"这草屋已经够好了，为什么我们一定要住在城堡里呢？""什么？"女人说，"你去好了，那比目鱼一定能够做到这件事的。""不，太太，"男人说，"比目鱼刚给了我们这间草屋，我不想马上再去找他；这要让他发怒的。""去吧，"女人说，"他做起这件事情来很容易，他一定乐愿做的；你就去找他好了。"

男人心中很纳闷；他不愿意去。他对自己说："这是不对的；"可是他还是去了。当他到达海边的时候，海水是紫色的，深蓝色的，又是灰色的，浑浊的，不再像以前一样青和黄了；不过水还是平静的。他就站在那里说道：

"比目鱼，海里的比目鱼啊，

请你到我这里来吧！

因为伊莎蓓尔，我的好妻子，

自有主张，不听我的话。"

"现在她要什么呢？"比目鱼说。"唉，"男人有点害怕地说，"她要住在一座大的石头造的城堡里。""你回去吧，她已经站在城堡门口了，"比目鱼说。

于是男人就走回家去；但是当他到达那里的时候，他看见一座大的石头造的城堡，他太太正站在石阶上，要进去；她拉了他的手，说："进来吧。"他就跟了她进去。在城堡里面，有一个大的用大理石铺成的厅堂；又有许多仆人，他们把门户打得大开；墙上全都挂着美丽的装饰物；在房间里放着纯金做的椅子和桌子；天花板上挂着水晶的灯架；所有的房间和卧室都有地毯；所有的桌子上都放着最上等的食物和酒，桌子几乎被压得要塌下去了。还有，房子后面，有一个大的院子，里面有几个马厩和牛棚，以及最优等的马车。也有一个很堂皇的大花园，园里有最美丽的花和果树。又有一个猎苑，有半英里长，里面有鹿，野兔，和一切人们所想要有的动物。"你看，"女人说，"这不是很美丽吗？""是的，的确美丽，"男人说，"现在就这样吧；我们将心满意足地在这个美丽的城堡里住下去。""这一点我们将考虑一下看，"女人说，"现在就去睡觉吧。"于是他们就上床睡觉了。

有一天早上，那妻子先醒了；这时正是天刚亮的时候；她从床上望见一片美丽的乡村在她眼底下。她丈夫还在伸懒腰，她就用她的肘碰碰他的身体，说："起来，丈夫，看看窗外的景色吧。你看，如果我们能做这大地上的国王，那多好啊！你快到比目鱼那里去，告诉他我们要做国王。""啊，太太，"男人说，"我们为什么要做国王呢？我不要做国王。""呃，"太太说，"你不要做国王，我要做。你快到比目鱼那里去，跟他说我要做国王。""啊,太太,"男人说,"你为什么要做国王呢? 我不愿跟他说这件事。""为什么不愿呢?"女人说:"马上去找他吧;我一定要做国王,"于是男人去了;他因为他太太要做国王,很不高兴。"这是不对的,这是不对的,"他想。他不愿意去,但是他最终还是去了。

当他来到海边的时候,海水是深灰色的,水从底下涌上来,发出一股腐烂的气味。他走过去,站在海边说:

"比目鱼,海里的比目鱼啊,

请你到我这里来吧!

因为伊莎蓓尔,我的好妻子,

自有主张,不听我的话。"

"现在她要什么呢?"比目鱼说。"唉,"那男人说,"她要做国王。""回到她那里去吧,她早已做了国王了。"

渔夫回家去了。当他来到那里的时候,他看见城堡已经变得大得多了,有了一个高大的宝塔和许多富丽堂皇的装饰品;门口站着卫兵,又有许多带着鼓和喇叭的士兵。他走进里面去,看见所有的东西都是用真正的大理石和黄金做成的,有着天鹅绒的覆盖物和大的黄金的流苏。接着,厅堂的门开了,他就看见富丽堂皇的宫殿。他的太太正坐在黄金和金刚钻做成的很高的王位上,头上戴着大的金冕,手里拿着纯金和宝石做成的朝笏;在她的两旁站着两排侍女,每排里的每一个人比她次一个人低一个头。

于是他走过去,站在她面前,说:"啊,太太,现在你做了国王了。""是的,"她说,"现在我做了国王了。"他就站在那里看她;他看了一会儿以后,说:"现在你既然做了国王了,就这样做下去很好了,我们不再想要什么了。""不,丈夫,"那女人很渴望地说,"我觉得时间过得很沉闷,我不能够再忍受了;你快到比目鱼那里去吧——我已经做了国王了,但是我还要做皇帝。""啊,太太,你为什么要做皇帝呢?""丈夫,"她说,"你到比目鱼那里去! 我要做皇帝!""唉,太太,"男人说,"他不能够让你做皇帝的! 我不能够把这话告诉那鱼。这块陆地上只有一个皇帝。

比目鱼是不能够让你做皇帝的！我向你保证他一定不能够。”

“什么？”女人说，“我是国王，你只不过是我的丈夫而已！你愿不愿意立刻去？马上去吧，他既然能够让人做国王，他就也能够让人做皇帝。我要做皇帝；你立刻去吧！”于是他只得去。但是他在路上走的时候，心里很烦闷，想道：“这不会有好结果的！这不会有好结果的！要做皇帝是太无耻了！比目鱼到最后会厌烦起来的。”

他这样想着，来到了海边。海水黑而浑浊，而且开始从下面沸腾上来，升起泡泡来；又有尖风在海上吹，吹得海水凝结起来。他很害怕。他走过去，站在海边，说：

“比目鱼，海里的比目鱼啊，

请你到我这里来吧！

因为伊莎蓓尔，我的好妻子，

自有主张，不听我的话。”

“现在，她要什么呢？”比目鱼说。“唉，比目鱼啊，”他说，“我的太太要做皇帝。”“你到她那里去吧，”比目鱼说，“她早已做了皇帝了。”

于是他就回家去了。他到了那里，看见整个皇宫是用磨光了的大理石造成的，石上有‘雪花石膏’的图形和黄金的装饰品。士兵们在宫门前行军，吹着喇叭，打着铙钹和鼓。在房子里，男爵、伯爵、公爵等在走来走去，像仆人一样。他们替他开了门；门是用纯金做成的。他走进去，看见他太太坐在帝座上面；帝座是用一块黄金造成的，有两英里高。她戴着一个大金冕，那金冕三码高，嵌着金刚钻和红宝石；她一只手拿着朝笏，另一只手拿着宝珠。在她的两旁站着两排卫兵，每一个人比他前面的一个人小一些，从两英里高的巨人到小手指一样小的矮子。在帝座前面，站着好些亲王和公爵。

那男人便走过去，站在他们中间，说：“太太，你现在做了皇帝了吗？”“是的，”她说，“现在我做了皇帝了。”于是他站着，仔细地看她；他看了她一会儿以后，说：“啊，太太，现在你既然做了皇帝了，请你就满意了吧。”“丈夫，”她说，“你为什么站在那里？现在我已经做了皇帝了，但是我还要做教皇；你到比目鱼那里去吧。""啊，太太，"男人说，"你竟什么都想做！你不能够做教皇的！在整个基督教的世界里只有一个教皇；比目鱼怎么能够让你做教皇呢？""丈夫，"她说，"我要做教皇；你马上去，我一定要今天就做教皇。""不，太太，"男人说，"我不愿意对他讲这话；这是不行的，这太过分了；比目鱼不能够让你做教皇的。""丈夫，"她说，"不要胡说！既然他能够让我做皇帝，他就也能够让我做教皇。马上到他那里去吧。我是皇帝，你只不过是我的丈夫而已，你肯不肯立刻去？"

于是，他害怕起来，就去了；但是他很胆怯，他战栗着，他的膝和腿都发抖。到处刮着大风，云在天上飞；傍晚的时候，一切都变得黑暗；叶子从树上掉下来；海水升起来，仿佛在沸腾似的咆哮着，冲到岸上来；在远处，他看见好些船在浪涛中颠簸着，摇摆着，正在放枪求救。可是在天空的中央还有一小块是蓝的，虽然这一块的四周都是红的，像有一个大风暴一样。他在绝望之中，走过去，很害怕地站在岸上，说：

"比目鱼，海里的比目鱼啊，
请你到我这里来吧！
因为伊莎蓓尔，我的好妻子，
自有主张，不听我的话。"

"现在她要什么呢？"比目鱼说。"唉，"男人说，"她要做教皇。""回到她那里去吧，"比目鱼说，"她已经做了教皇了。"

他回去了。当他到达那里的时候，他看见一座像大的教堂一样的建筑，周围由几个王宫围着。他从人群里挤了过去。他看见那房子的里面有成千成万支的蜡烛，照着一切东西；他的太太穿着金衣服，坐在一个更高的宝座上；她头上戴着三个大的金冕，周围有一大圈的宗教光辉。在她的两边有两排蜡烛。蜡烛里最大的一支像最高的宝塔一样高，一直下去，到最小的一支，像厨房里用的最小的蜡烛一样小。一切的皇帝和国王都跪在她面前，吻她的鞋子。"太太，"男人说，同时他很注意地向她看，"你现在做了教皇了吗？""是的，"她说，"我现在做了教皇了。"他就站着，看着她；他觉得他仿佛是在看着那明亮的太阳一样。他这样地站着看了一会儿以后，说："啊，太太，你既然做了教皇了，就这样做下去很好了。"但是她的样子像柱子一样僵硬，一动也不动，一点也不像有生命的样子。于是他说："太太，现在你既然做了教皇了，你就满足了吧，你不能做得更大了。""这一点我要考虑一下看，"女人说。于是他们两人上床睡觉。但是她心里还没有满足，贪欲使得她不能睡觉；她在反复地想着她还有什么别的位子可求。

男人睡得很好，很熟，因为他白天跑了很多路；但是那女人睡不着，她整夜翻来覆去，老是在想着她还有什么其他的事情可做，但是她什么事情都想不来。最后，太阳升起来了；女人见了红色的黎明天空，就从床上坐起来看。当她从窗中看见太阳这样地升起来的时候，她说："我为什么不能够命令太阳和月亮升起来呢？"于是她用她的肘碰碰她丈夫的胸脯，说："丈夫，起来！快到比目鱼那里去，因为我要做到像上帝一样。"那男人还没有全醒，可是他听到了她的话，惊吓得掉下床。他想一定是他听错了，就擦擦眼睛，问她："太太，你在说什么？""丈夫，"她说，"倘使我不能够命令太阳和月亮升起来，而必须在旁边看着它们自己升起来，那我可受不了。我如果不能够亲自唤它们升起来，就不能够有一个钟头快乐。"于是她很可怕地看着他，使得他浑身一阵冷战。她接着说："你马上到比目鱼那里去，告诉他我要做到像上帝一样。""唉，太太，"男人一边说，一边在她面前跪了下来；"那比目鱼是不能够做到这件事情的；他只能够使人做皇帝和教皇。我恳求你，就像这样的，做一个教皇吧。"她听了，愤怒极了；她的头发乱飘起来，她撕开了她的紧身衣。用脚踢了他一下，喊道："我受不了，我再也受不了了！你肯不肯马上去？"于是他穿上了裤子，像疯人一般地跑去。但是外面正在刮着大风暴，风吹得非常厉害，他几乎站不住脚；房屋和树都翻倒了，山在震动着，岩石正在滚到海里去。天空像柏油一样黑，又打雷，又起闪电。海水冲上来，黑浪高得像教堂的塔，又像山，全都带着起白沫的浪峰。他向海里叫喊，可是不能听见他自己的声音：

"比目鱼，海里的比目鱼啊，

请你到我这里来吧！

因为依莎蓓尔，我的好妻子，

自有主张，不听我的话。"

"现在，她要什么呢？"比目鱼说。"唉，"他说，"她要做到像上帝一样。"

"你到她那里去吧。你将发现她已经回到猪栏里去了。"在猪栏里，他们一直生活到今天。

小牧童

在克拉科，维斯拉河流过瓦维埃尔山的那个地方，维斯拉河对岸有一片辽阔的牧场，牧场上有三千多只绵羊。从瓦维埃尔山往下一望：似乎看见草地上都砌着白石头——这是成千成百只的羊在那里吃草。坐船在维斯拉河上经过瓦维埃尔山的时候，可以听到一种喑哑的音乐——这是羊脖子上挂的木铃铛响。

看羊的是一位老牧人，今年已经九十岁了，让一个年纪这样大的老人，独自看着这一大群羊是太困难了，照理，像他这样大的年纪，已经应该让他在家里养老，陪着重孙子玩，不应该还让他看管羊群了。

一天，有一个矮矮的小伙子，是个孤儿，叫亚恩，路过克拉科找工作。老人同他商量，让亚恩帮他牧羊。

他牧三千只羊。早晨和晚上人家给他一块面包和一块乳渣。中午饭是稀粥。他得把这些东西都带到牧场上去。到了冬天，他还得到一双木头鞋子和一件老牧羊人已经穿过五十个冬天的破破烂烂的羊皮袄。无论冬夏，他都得同羊一起在羊圈里睡，为了不被羊群踏死，就让他睡在一个扣着的槽子里。孤儿亚恩就这样在老牧人那里做了牧童。

小牧童，你赶羊吧！

顺着辽阔的田野赶过去，

让它们从早吃到晚，

吃新鲜的草，吃得饱饱的！

小牧童，你赶羊吧！

把它们赶到没有主的田野里，

让它们吃牧场的草，

喝维斯拉河的水。

亚恩每天早晨就把三千只羊从圈里赶出去。白天让蓬毛狗阿花绕着三千只羊跑，免得狼来吃它们。晚上又把三千只羊赶回圈里。闲的时候，他就奏音乐。到了春天，他摘一根柳枝做个笛子，一有空的时候，就吹着玩。

这群羊里，有一只羊非常爱听他吹的曲子。这只羊同别的羊不一样。她整年都是白白的，好像满身铺着白雪一样，灰土粘不到她身上。她总是在前面，领着那群羊走。只要亚恩吹笛子，那只羊不管他在什么地方，马上就跑过来站在他的身旁，听他吹的曲子。

亚恩也爱这只羊，简直爱的要命。有了那只羊，似乎他孤孤单单的生活有了些安慰了。似乎他没有过去那么孤独了。好像他有了个妹妹，有了个忠实的、明白他心思的好朋友。

他就是这样，一天一天过下去。突然，有一天意外的事情发生了。那天早晨，老牧人不让他把羊赶到牧场上去，自己坐在羊圈的门槛上，面前放了一桶松脂，还有一个兔爪子，对亚恩说：

"你把羊从羊圈里放出来，一个一个地放，我要给它们盖个印子。画一条印子的，还养着；两条印子的，卖出去；三条印子的，宰了它。"

老牧人用兔爪子沾着松脂。亚恩把羊一只只地放出来，老牧人在羊背上盖印子。

亚恩一面放着羊，一面把那只白羊赶到羊圈的角落里，他生怕他心爱的那只白羊被画上恶印子。他心里想："也许老人家忘记她，也许碰巧可以不给她盖上印子。"但是老牧人对他自己的羊，记得清清楚楚。

"都放出来了！"亚恩说。

"还有那只白羊没有放出来！就是领群的那只羊！"老牧人嚷着，就把羊圈的门开得大大的。

"你看这淘气的家伙：她藏到角落里去了！把她拉过来！"

这样，小牧童就不得不把他心爱的羊拉出来，让人给她盖上印子。亚恩很着急，心不住地蹦蹦直跳。他想："那老牧人在羊背上给画几条呢？"
老牧人把兔爪子沾上松脂，画了一条。再沾上松脂，又画了一条。亚恩的
心，同关在笼子里的鸟儿一样跳着。接着，老牧人又把兔爪子沾了一下松
脂，说：

"这只羊没用，总不生小羊。"

小牧童一面护着小羊，一面说："可是她的毛好呀，别的羊都没有她
这么又白又软的毛。"

老头子把小牧童推开，说："吓，你保护不了她，孤儿，你保护不了
她！我说没用，就没用！"说完，就在那只羊的白毛上画了第三条松脂印
子，决定要宰她。

到了晚上，天上没有月亮，也没有星星。天上满是乌云，什么也看不
见，只能听到维斯拉河水哗啦哗啦地响。

在瓦维埃尔宫楼上站岗的哨兵，每隔一个钟头，就向四面吹一次哨
子，让大家知道时间。哨声虽然听得到，但是哨兵是看不见的。

周围是一片漆黑，刮起了大风，使得克拉科附近的涅波洛米兹卡森林
里吼叫起来：大风摇动着老柞树，似乎要看看谁的力气大。它又去攻击米
心树，不过米心树长得如同一堵墙一般的密，不怕它的攻击，但是住在森
林里的动物都着急起来。那些小动物，獾呀、狐狸呀、或是刺猬呀，本来
都要出门去找东西吃的，可是只好急急忙忙地转身回家来。野猫和猞猁也
都躲藏在粗树枝上。

小树丛紧紧地贴着大树干。梧桐树的枝手在拉警报。端正的桦树在大
风面前一面恭顺的低下头，一面忧愁地咿咿地响着。

亚恩也睡不着。他从槽里爬出来，走到羊圈门边，坐在门槛上。他怎
么能睡得着呢？明天一早，农民们就会从各处到这儿来，把带着两条印子
的羊都给买光。各个屠宰场也会派人来，把所有带三条印子的羊拉去，宰
了给王子的队伍吃。

亚恩心里想：可怜的那只雪白的羊，不，不！亲爱的白羊还活着呢，
还有办法救她的命！今天这个黑夜，对他倒可以说是太恩惠了，既然这么

黑，又刮着呼呼的大风，谁也不会看见，谁也不会听到。岩石后面有一个山洞，有很多带刺的黑莓围绕着。如果他把那只白羊领到那个山洞里去，把她藏在那儿，绝不会有人知道。

他把笛子从怀里掏出来，轻轻地吹起来。白羊一听见，马上就醒了，站了起来。她跳过了别的羊，站到门槛前听着。小牧童抱着她的脖子，对着她的耳朵低声说：

"来吧！到山洞里去吧！我把你藏到那里，不让人家杀死你。以后我天天到洞里去，给你送新鲜的草和水。你就不会饿死了。咱们走吧！"

他们走了。走着，走着，突然，黑夜听见了，就问道。

"深更半夜，是谁还在走路？"

他们俩走过后院，到了路上，突然，旋风跟着叫道：

"睡觉去吧！这不是散步的时候！"

他们俩从大路上走到杂草中，突然，猫头鹰摇着目光闪闪的头说：

"在这样又黑又有旋风的夜里，你们到哪里去？

他们俩走过了树林，快到山洞了，长在洞口的黑莓发出了声音说：

"甭到这里来，来也没有用，

黑夜里摘不了黑莓子！"

他们都不知道，不明白，黑夜，因为你要到太阳落了才来，日出以前就走，不知道往哪里去。旋风，你一会儿来，一会儿就不见了，因为你总在世界上转来转去。猫头鹰，你总在森林里飞来飞去，黑夜里才飞，看不见阳光，也看不见白天。荆棘树，你们到春天才发绿，冬天就没了。你们大家活动的时间都太短了，只有这山洞永远在那个地方，从来也不变。白天也好，黑夜也好，夏天也好，冬天也好，它总是永远向东方看着。它看到成群结队的鞑靼人，看到过成吉思汗野蛮的军队，看见过他们焚烧城市和乡村，打死农民，把没打死的带走，做他们的奴隶。

鞑靼人的马蹄曾使土地呻吟，他们的叫喊震动了天地，他们把大好的世界，弄得暗无天日。人们只好逃到没人住的泥沼的地里去，到没人走过的芦丛里去，到密密的大森林里去。也有些人就躲藏在这个山洞里，这个被野生的多刺的黑莓围绕着的山洞，曾做过不少带娃娃的母亲们和孩子们的避难所。

只有这个山洞，见了这两个流浪者，不觉得奇怪，不问他们问题。在这样黑的、吹着旋风的夜里有人来找它，偷偷地到它那儿避难，它是一点儿也不奇怪的。岩石绝不会泄露秘密，它们向来就沉默着，永远也不作声。

头两天，从附近农村来的农民们把准备卖给人家养的羊都买光了。第三天到了，屠宰场的人来了。老牧人把羊交给他们，他一面交羊，一面在一根棍子上数着用刀刻的记号。最后还剩下一个记号，这就是说，还差一只羊。老牧人急躁地喊叫着说："那只白羊又不见了，她到哪里去啦？"

亚恩当然不会出卖那只白羊。他就说：

"我哪里知道呢？也许掉在泥潭里淹死了，也许是被狼吃掉了！"

老人家很生气，拿起了鞭子嚷道：

"你就是这样给我看羊的吗？"

一边说，一边就用鞭子打小牧童。

亚恩从他那儿逃出来，什么东西也没拿，只穿了一套破烂的衣服，光着脚逃跑了。他拼命地跑，找最难走的路跑：他跑过泥潭，跑过赤杨树的密林、多刺的黑莓，为的是别人赶不上他，最后他跑到了岩石跟前。

"我不再回到老家伙那里去了，为这一只羊，他反正要打死我。可是我怎样也不会把这只小白羊交给他弄死。我等到黄昏的时候，到山洞去，带着小白羊到广大世界上去吧。"

他吃了一点儿黑莓，等着黄昏到来。黄昏的时候到了，他走进山洞里。但是他无论怎样找，怎样叫，始终不见小白羊出来。

"怎么啦？"小牧童坐在洞口伤心地哭起来了，"我算是白白地想救小白羊的性命了！一定是狼看见了她，把她给咬死了！哎呀！多让人难过呀！"

亚恩哭了好半天，然后才定了定神，开始仔细地听从山洞里流出来的泉水在说话。

亚恩听着，听着，越听越清楚。

那水在小小的石头上流着，对他说道：

"不要担心狼，

没有吃掉你的小白羊，

小白羊在田野间，

东跑西跑跳蹿蹿。"

小牧童听着，真是又想哭、又想笑。他发愁的是他再不会找到那只小白羊了，高兴的是小白羊还活着。她自由地到广大世界去了。

哎！生活呀，生活！你就是这样的；一会儿用痛苦使人哭，一会见又用快乐让人笑。

快乐究竟有多少？忧愁又有多少？这是不能用秤来称，也不能用斗来量的，只能用心的跳动来数它。

亚恩想："我也走吧，世界是这样的大，总会有块面包给我吃的。"

他在山洞里睡了一夜，第二天太阳一出来，就动身走了。

哎，他这次的流浪，真是用笔也写不尽，用话也说不完。他走了多少路？过了多少河？克服了多少困难？钻过了多少森林？真是数也数不清。

他挨过太阳的晒，挨过雨水的打，挨过大风的抓。心狠的人气势汹汹地把他从他们的门边赶走，好心的人请过他同他们在一起吃饭。总而言之，他遇到过各种不同的事情。

他就是这样走呀，走呀，不觉竟走到了海边。

"呵！海！"亚恩看到汪洋大海，不禁大为惊讶。

海浪不停地往岸上冲，似乎恨不得把地淹没。

你这无边无岸、没有尽头的海水呵！使人产生一种想离开你的恐惧心，也使人产生一种和你在一起的好奇心。

"是跑开呢，还是留下？"小牧童心里盘算着。

水上有一些船在摇动着。那些船都有房子那么大，大风把船上的帆吹得鼓起来，摆动着帆布，好像巨人拍着手掌似的。海鸥一群群的刺耳地叫着，在天空中绕着圈儿，同那怒号的大海谈话。

　　小牧童害怕得想走开，但是好奇心又使他舍不得走，他心里还是在盘算着："跑开好呢，还是留下好？"他正在犹豫不决时，恰巧有一个运树的工人走到他跟前问道：

　　"喂，小伙子，你要不要在我们船上工作？我们正要找一个人在厨房里帮忙。我们明天一早就离开这儿，到大世界去。"

　　那时候太阳从乌云里露出脸了，大风也停了。海面上闪动着一道道金光，大浪变成了无数可爱的小波纹。

　　小牧童想："在这样的金水上面漂些时候，倒也有意思。"就回答道："好，我愿意在你们船上工作。"

　　船在海上已经走了十天十夜。在海上，一会儿是被太阳照成金色的白天，一会儿是被星星照成银色的黑夜，一会儿是蔚蓝色的天空，一会儿又罩满了乌云。十天就这样过去了。第十一天，突然暴风雨发作了。闪电像银鞭子似的在天空直绕，紧跟着就是一声霹雳，大浪在海面上翻动起来，就像大群野牛在奔驰一般。大浪滚来滚去，一下把船冲到高空中，一下又把它扔下去。船上的桅杆被风吹断了，船舵也被浪打毁了。突然一阵大浪像一大群快马似的，向着船奔驰而来，大风赶着它们，大雨跟着他们。船就在大浪背上飞跑着，好像一个瞎眼的野兽一股。结果，船被岩石碰碎了，人们都落在海里，亚恩也落下去了。他一面往下沉着，一面想道："我现在是就快死了呢，还是已经死了呢？"

　　他正在胡思乱想，恰好这时有一条大鱼浮过来对他说：

　　"不要紧，因为你救过别人的命！"

　　说完，大鱼就把亚恩背起，送到幸福岛上。到了岛上，大鱼对他说："下去吧！你就住在这儿吧。"

　　"好吧，住就住下吧。"亚恩说。

　　这时大鱼又说：

　　"泉眼旁边有棵树，你到那儿去，用树枝做个笛子，吹着它在岛上走，那时就会有让你惊奇的事情发生。"

　　说完，大鱼就沉到海底去了。小牧童留在了岛上。

　　亚恩果然听大鱼的话，向泉眼旁边那棵树走去，打算折一根树枝，做个笛子。那棵树不是一棵像克拉科城路边的、枝叶繁茂的桦树，而是一棵漂亮得似乎画出来的桃花心木，他毫不费劲地就摘下一根树枝，做了一个笛子。

　　他一吹，那笛子就唱起歌来了，声音又柔和，又响亮，十分的动人。小牧童吹着这支笛子，从海边向草地走去。左右都是高山，山脚下是各种各样开着花的香树。山上头是米心树林，再高处就是光秃秃的岩石山顶，红得好像火烧出来似的。前面是一个平原，地上长着碧绿的草，中间有一道河，这里的空气很新鲜。头顶上的太阳温和地晒着，鸟儿似风筝的在空中飞着。

　　"这是什么地方？"亚恩一面走，一面想道："要是爬到最高的山峰上，会不会看到我的克拉科城和维斯拉河呢？"亚恩不知道，他现在到了离开克拉科有好几万里的幸福岛上，这是一个没有死亡、饥饿和痛苦的世界。

　　亚恩走着走着，觉得有点饿了，他想："能有点吃的东西才好，"突然，一棵树出现在他面前。这是一棵他从来没看到过的树，树上长着一些小面包，好像克拉科城的梨树，上面结着梨子一样。小牧童摘下一个，吃完了，又摘了一个。呵，真好吃呀，只怕连国王的面包师，也烤不出比这更好吃的面包来！

　　小牧童一面吹着笛子走着，一面想："吃饱了，能喝点儿什么才好！"突然，他面前又出现了一棵树，满树都是金球。那些金球在树上摇动着，放出香味儿来。他摘下一个剥去皮，吃掉了。那金球又香又甜，汁水又多。

　　他又吹着、走着、想着；"可是，这儿怎么没有房子和田地呢？只有五只羊在河边吃草。"他走近几步，仔细一看：见四只羊都是普通的白毛，只有一只羊，毛色雪白。

　　"这只羊同我救过她性命的那只完全一样。"

　　小牧童一想起自己的小白羊，就拿起笛子吹起克拉科城的曲子来。

呵！怎么啦？

那只白羊抬起头来，听着，听着，似乎想起什么来了，连忙就向小牧童那边跑。其余的四只也跟着她跑。

她们跑到他面前就停住了，那只白羊把毛往地上一抖，毛就脱掉了，变成了一条金色毯子。其余四只羊的毛也脱掉，变成了四条银色毯子。羊都不见了，每条毯子上，都站着一个美丽的姑娘。

小牧童大为惊讶，他认为这是在做梦。不禁自言自语地说：

"我的眼睛，别骗人！"

这时那个站在金毯子上的姑娘说：

"不，亚恩，这是实事。你的眼睛没有骗人。你救了我的命。现在你到了我的国家。我所有的，都是你的了。"她把小牧童带到自己的宫里，嫁给他了。

这样，小牧童的笛子吹出来的克拉科曲子，给他招来了一位漂亮的妻子。

小银包儿

从前有一个人叫库巴，所以大家管他的妻子叫库巴嫂。他们有十个孩子。可是他们穷得很，只靠着他们那三小块薄地来养活一家老小。他们，既没有牛，也没有猪，当然也就没有牛栏和猪圈。总而言之，他们穷得要命就是了。

库巴的嫂子鲁加什嫂，是个寡妇，没有孩子，也同他们住在一个村里。她可是一个阔家伙。她有一百亩地，六头牛，四匹马。另外牛犊啦、羊啦、猪啦、鹅啦、鸡啦，更是多得数不清！

尽管她这么有钱，但她一点也不关心她的侄儿侄女，眼看着他们忍饥挨饿。有时候她肯从篱笆里扔给他们一块坏面包或是几个烂梨，那就算是好的了。

有一回，是春天，库巴到树林子里去。他身上背着一个袋子，手里拿着一把斧头。他想："也许我会找到一点儿什么东西，采点儿什么给孩子们带回家去。"

一团团白云在天空中飘荡，库巴看着天空想道："哎！要是有这样大的一块乳渣就好了，那我就可以把它装在袋子里，带回家去给孩子们吃了。"

雪已经化了，田地里露出了白石头。库巴一看到这些白石头，又想道："哎！要是这些石头是面包就好了！那我就可以把它装上满满堆尖的一袋子带回家去。孩子们看见，会有多高兴呵！"

这个可怜的父亲，不管看到什么，就联想到吃的东西，想到要是他能把那么好吃的东西带回家去，忍饥受饿的孩子们会有多么高兴！

库巴走到树林子里去了。他在树上爬着，寻找着，但是哪儿也找不到什么吃的。既没有野果，也没有蘑菇。

"是不是该撒下一个捕兔子的网呢？"他这么想着。但是他马上又想起来不能这样做。"不，不行！现在是春天，正是各种动物生育小动物的季节。要是捕到一只母兔的话，她的孩子就会饿死的。不，我不能这样做。"

瞧，库巴这个人的心肠多好！他继续在树林子里一边走，一边想："也许到核桃树下能够找到几个核桃，也许在山毛柠树下能找到一些野果。"

他在核桃树林里和长满了山毛柠树的山上找了很久，结果只找到了十个核桃和一小把野果。可怜的库巴绝望了。他急得不知道干什么才好，就抓起斧头用斧柄使劲去打一棵松树。

那棵松树又高又粗，同城楼一样。他这样使劲打了三次，每次打三下，突然出现了一件奇怪的事情。松树沙沙地响了几下，从树孔里出来了一个穿着十二件羊皮袄的乡下老婆婆。

"庄稼汉，你为什么要那么使劲地打这棵松树，把我给吵醒了！"

库巴奇怪得连气都喘不过来了。他把帽子摘下，一声不响地看着那个老婆婆，好久才恢复过来说：

"我不知道老大娘在这棵树里睡觉，请您不要生气。"

"我不生气。请你去砍另一棵松树吧，因为这棵松树就是我租的房子。"

因为穿十二件羊皮袄的老婆婆对他那么客气，库巴的勇气倒来了。

"哎，我并不想砍下这棵松树。我一个人怎能砍下这么粗的一棵大树呢！只是因为痛苦使得我发疯了，我就用斧头打起这棵松树来。"

"是什么事情使得你这样痛苦呢？"

"穷呀，可怕的穷呀，老大娘！"

库巴就把一切都讲给那个老婆婆听了：他有十个孩子，可是只有三小块薄地，一家人怎能不挨那可怕的饥饿呢？这时那个穿十二件羊皮袄的老婆婆就说：

"对！挨饿是最可怕的了。可是你别着急，你很快就不会再痛苦了。"

老婆婆从第五件羊皮袄里掏出一个小银包儿。说：

"你拿去吧！这不是一个平常的小银包儿，而是一个奇异的小银包儿。你只要对它说：

'小银包儿呀，小银包儿呀，

你有什么好东西，

多拿一点儿出来吧！'

这小银包儿就会给你端上吃的东西。你吃饱了以后，要再对它说：

'亲爱的小银包儿，

够了，不要了。'"

库巴不知道老婆婆是开玩笑呢，还是说的都是老实话。但他还是拿了那个小包儿，把它揣在怀里，给那个老婆婆深深地鞠了一个躬，就想转身回家去。

可是这时那个穿十二件羊皮袄的老婆婆又说：

"慢着！为这个小包儿，你得替我天天干一件事情。"

"那……当然是……"库巴咕咕哝哝地说。因为他有点不好意思：把小包儿拿到手后，竟没想到替老婆婆做点儿事作为酬劳。

"那么，就请你到那片草地上去，把人们在石头旁边撒下的那个捉兔的网给拿走，再去把放在小桦树林里最高的那棵桦树上的抓鸟的笼子也给拿走。你得去把这些东西都给毁掉。我在这儿就是为了关心一切的动物。"

"好，老大娘，我这就去。"

"我这样告诉你，为的是叫你替我天天巡查这个树林子，不要有什么伤害动物的事情发生。"

库巴果然按照老婆婆的话去办了。他把撒在那里的捉兔的网拿掉，埋在地里，免得有人找到。然后他心安理得地回家去了。

他在树林里走着，走着，心里总是想："老婆婆对我说的话是真的呢，还是假的？我来试试看！"

他站起来，把小银包儿拿出来。对它说：

"小银包儿呀，小银包儿呀，

你有什么好东西，

多拿一点儿出来吧！"

真的，马上就出现了令人惊奇的事情！

从小银包儿里先跳出来一块干净的亚麻桌布，自动地铺在地上，随即又跳出来一碗炒鸡蛋，一碗汤，两碗豌豆和一碗白菜，都拌着香喷喷的猪油，亮光光的！还有一根香肠、一个面包、一瓶啤酒、……天呀，库巴从来也没看见过一下子竟有这么多的好吃的东西，他饱餐了一顿，撑得他不得不把裤带解开。因为他惦着也早一点用小包儿使老婆和孩子得到东西吃，所以他一吃饱，就叫道：

"亲爱的小银包儿，

够了，不要了。"

他刚说完，吃的东西和桌布马上就不见了。他把小银包儿揣在怀里，当作心爱的宝贝一样，紧紧地靠着心，自己一阵风似的跑回家去了。

他刚一迈进门槛，就对老婆和孩子叫道：

"快围着桌子坐下，你们一会儿就会吃到顶好的饭了！"

老婆一看：库巴的袋子空空的，手里什么东西都没有，她不禁惊异地想："这老汉说的是什么呀？顶好的饭会从哪儿来呢？是炉子上锅里煮的野菜吗？……老头的脑子大概给痛昏了！"

可是她还是坐到了桌子边，让孩子们也坐下，把最小的一个抱在怀里。

等到大家手里都拿好了勺子，靠着桌子坐下来，库巴把小银包儿从怀里掏出来，抖擞了几下，说：

"小银包儿呀，小银包儿呀，

你有什么好东西，

多拿一点儿出来吧！"

那奇怪的事情又出现了：桌子上马上铺起一块桌布，摆上了一满碗、一满碗的菜，比在树林里还多十倍。

"吃吧，吃吧，别着急。这不是偷来的，是挣来的。现在我们再也不会挨饿了。"

等他的话说完了，大家才高兴地吃起来。孩子们吃得满嘴满脸都是油。勺子闪动着，脚嘣嘣地踩着，眼睛笑着——那种快乐的目光似乎使得满房子都闪着火花。

母亲高兴得喘不过气来，连东西都吃不下了。等到看孩子们的高兴看够了，那时才伸手到碗里去拿东西吃。

库巴因为已经吃饱了，自己什么也不吃，只在房子里走来走去，摸摸孩子的头，给他们分面包，分香肠，给他们讲那个穿着十二件羊皮袄的老婆婆。

日子就这样一天、两天、三天……过去了。

鲁加什嫂明白了库巴家里有了变化。那些从前老是饿得发昏，侍在房角里的孩子，现在都一个个在牧场上又跑又跳，有说有笑。他们的样子也变了：脸儿都不像过去那样又黄又瘦，而是又红又胖了。库巴也不像以前那样无精打采，走投无路，而是天天在那小块儿地上用铲子挖地，还天天跑到树林里去干什么活儿。库巴嫂每次拿着水桶到河边去打水的时候，也总是唱着歌儿。她那响亮的歌声，附近全都听得到。过去可没有人知道她会唱歌呢。

这究竟是怎么回事呀？这个变化是怎么来的呢？简直把鲁加什嫂弄得心神不宁，坐卧不安。她一会儿从篱笆里看看，一会儿站在大门前瞧瞧。一会儿又故意地把自己的鸡从篱笆缝子里赶到库巴嫂家院子里去，然后跑到她那儿，借口找鸡，探听究竟。但是院子里什么新东西也没有，还是从前那间破旧得可怜的房子，同过去一样。只是人有些变了，和过去不同了。这究竟是怎么回事呢？

她实在忍不住了。星期日的下午，她到库巴家拜访去了。她说，既然是一家人、邻居，就应该你来我往，常常谈谈天儿。库巴夫妇俩对她很客气，他们叫鲁加什嫂闷了好半天，最后库巴才说：

"今天我们请您同我们一块儿吃晚饭。虽然您那儿的好东西有的是，但是，我们想您不会嫌我们的饭不好。"

说着，他就到炉子后面，去把小银包儿拿了出来，叫道：

"小银包儿呀，小包儿呀，

你有什么好东西，

多拿一点儿出来吧！"

小银包儿大概也明白今天是星期日，大嫂做客来了，于是就摆上了整个儿一只火腿、一只烤鹅、切得很细的白菜心儿，各种各样的面包和各种各样的干酪，大块黄油，大罐子蜂蜜，最后还有一瓶酒。

呵！有多少好东西呀！

鲁加什嫂站起来一瞧：惊讶得目瞪口呆，为了表示对那小银包儿的尊敬，直到小银包儿再不拿出东西来了，那时她才坐下。

"多奇怪呀，多奇怪呀！"她心里想着。

大家开始吃饭了。嫂子一句话也不说，只是摇头，心里老在奇怪。她只是一个劲儿的吃菜、吃菜、吃菜，她吃得太饱了，连站都站不起来了。歇了一会儿，然后才问道：

"兄弟，你这个神奇的袋子是哪儿弄来的呀？"

库巴不想明白地告诉她，只说：

"是从树林里弄来的。"

"从树林里？是在树孔里找到的，还是在地上找到的呢？也许是挂在树上的吧？"

"也没放在哪儿，也没挂在哪儿，就在树林里。"

鲁加什嫂回家去了，心里老想着那个奇怪的袋子，弄得她觉也睡不着，饭也吃不下。

"那袋子为什么不是我的呢？我为什么没有这样一个袋子呢？"

她开始瘦了，脸也发黑了。因为的嫉妒老咬着她的心。最后，她又到库巴家里去对他说：

"我想，那袋子应该放在我那里，不应该放在你们这儿。"

库巴一听，急得直抓头。

"您说什么呀！您是什么好东西都有，而我们却穷得要命。我们有能种黑麦子的田地么？有牛么？有猪么？"

"你说得对。而且，就是说一年里头，连瘸腿的狗也不会来到你们这儿做一次客，这话也不为过分。可是我那儿呢，每个星期都是整天不断人，一会儿是教堂的，一会儿是公社的，一会儿是家里的人，一会儿是亲戚朋友。每个人都得招待，又要烤，又要炒，样样都得预备好。你看：究竟是谁最需要这个袋子？"

库巴吓得只发抖，因为他知道这个贪心不足的家伙，既然打主意要他的这个小银包儿，那她就一定要拿到手才甘心。

接着，鲁加什嫂又狡猾地说：

"我是这样想的：我也不想亏了你，我用五袋子面、一袋子豌豆、一石米换你的小银包儿。另外我还给你一头牛，半条腌牛肉。这也够你吃的啦！"

"但是我们的人口多啊！"

"兄弟，请你好好地想想哪样好吧！面是面，腌牛肉是腌牛肉。可是这一个小银包儿，谁知道它再会喂你们多久？它要是坏了怎么办？要是它里面的东西用完了怎么办？要是有个巫婆使出魔法，不让它再能拿出东西来，那时怎么办？"

她看到库巴吓得脸都变青了，就更吓唬他说：

"这样的东西是不可靠的，它想给就给，不想给就不给。谁知道它里面有什么鬼东西。可是好好的面总是面，好吃的牛肉总是牛肉，我这样说是好意。"

可怜的库巴不知怎么才好了。他的确舍不得那个小银包儿，可是又怕得要命。要是小银包儿真的生气了，不再给东西，那时怎么办？不又同过去一样，得忍饥挨饿吗？这时，他仿佛已经看到五袋子面、一袋子豌豆、一石米并排放在墙边，半条腌牛肉挂在房里，门口还有一头牛。

"住在树林里的老拉比鲁什加曾亲自问过我，说你们的孩子为什么胖了。她问的时候眼光可怕人啦！"鲁加什嫂继续说。

库巴吓得全身出了冷汗。

"好吧，就照大嫂的话办吧！"

鲁加什嫂连忙从凳子上跳起来。

"对呵，我看你的脑袋不只是为戴帽子，也是为了想事情用的。来吧！来吧！来称面、倒豌豆吧。可千万别忘了把小银包儿随身带来呵！"

一个月过去了，第二个月过去了。库巴天天巡查树林，保护动物的安全。

是的，库巴嫂现在天天可以用面粉烤面包，煎油饼。但是两袋子面已经空了，腌牛肉也快吃完了，米也剩得不多了。

鲁加什嫂给他们的那头乳牛，也是一头老乳牛，每天只能挤一点点奶。在那头牛可以拉到牧场里去放的时候，孩子们每人可以有一杯奶喝。但是现在，下雪了，它只好整天在家里待着，吃点子树叶，这样，奶当然就只有一点儿，只够那个最小的孩子喝了。

节日以后，天气变得更了。风呼呼地吹着，雪纷纷地下着，连屋子里都冷得伸不出手来。库巴简直没办法出门，因为家里连一件羊皮袄也没有。

可是他嫂子家里，却是又热闹又快乐……客人们来来往往。每次请客的时候，小银包儿都摆满一桌子好吃的菜。平常十分吝啬的鲁加什嫂忽然也好起客来了，因为这些饭菜都不用她花钱，还可以让人家说她的好话。

又过了两个月。

库巴嫂烤的、煎的越来越少了，只盼望着春天赶快到来。因为米已经吃完了，豌豆袋也看见底儿了，最后的那袋面粉也只剩下一点点了。腌肉也只剩下了拳头那么大的一小块。牛也挤不出奶来了。

有一天，稍微暖和一些，库巴走出门去看看。可是，不一会儿，雪云又从北方飘来，风也越刮越大起来。

最后的一把面粉扔到锅里去了。晚上吃什么呢？明天吃什么呢？

牛也可怜。光吃干树叶吃不饱，老饿着。那小银包儿也许每天会给牛也弄一点儿草来。

库巴夫妇俩很伤心，孩子们一个个看着空袋子。

库巴嫂说："他爹，你上大嫂那儿去，让他把小银包儿还给我们吧，免得我们一家人饿死。"

库巴听了妻子的话。一到嫂子家，就把帽子摘下，客客气气地请求，但是那个阔家伙生气了。

"把小银包儿还你？怎么？难道我没给你们面粉、米和腌肉吗？"

"不错，大嫂，您是给过我这些东西，但是这个小银包儿也给了您不少的东西呀！它给您招待的客人也不少了吧？"

"客人多少与你有什么相干？这是我的客人！不管你的事！你赶快给我滚出去，免得我放狗把你赶走！"

库巴转身走回家去了。家里人个个愁眉苦脸。他妻子从袋子里摸面粉，只想着熬点面汤也好，孩子们都饿得直哭。

库巴一句话也没说，抓起斧头跑到树林子里去了。

"我得再找那个穿着十二件羊皮袄的老婆婆去……她也许还住在那棵松树里，她也许还会可怜我，也许再给我一个小银包儿？"

他到了树林子，找到了那棵又粗又大的松树，就是去年春天他用斧头砍过的那棵，又在上面用斧头连砍了三次，每次三下。

树里，马上就沙沙地响了几声，接着，树裂开了，那个穿着十二件羊皮袄的老婆婆又出来了。

库巴向她鞠了一个躬，把帽子在手里转来转去，不知怎样开口才好。这时那个老婆婆却先开口了：

"我知道，我知道你在这树林里保护了动物的安全，我也知道你的嫂子怎样欺负了你。可是你别伤心，会有办法的！"

老婆婆又在第七个羊皮袄下掏出来另一个小银包儿。

"你拿着这个银包儿，一直走到鲁加什嫂家里去。到了那儿，就叫道：

'亲爱的小银包儿，

拿出所需要的东西来吧！'

等到把一切事情都给办好了，那时你再叫道：

'柞树的孩子们，

回到你们的妈妈那儿去吧！'"

库巴给穿着十二件羊皮袄的老婆婆鞠了一个躬，戴好帽子，把小银包儿藏在怀里，向大嫂家跑去。

这时，鲁加什嫂那儿客人们正坐在桌子边，有说有笑地吃着好菜，喝着好酒，一面讥笑库巴来要他的小银包儿，一面赞美女主人没把小银包儿还给他。

库巴老在想着他那个新的小银包儿，想着它会出什么奇怪的东西。他不时把它从怀里拿出来瞧瞧，摆弄一下，但是没对它下命令，只向大嫂的房子拼命地跑。

他经过窗口时，恰好被一个客人看到，就叫道：

"你是什么人？

在这里探头探脑，

是不是羡慕我们有奇怪的小银包儿，

生活得又快活、又好？"

突然，鲁加什嫂看到了库巴，便对他喝道："你们看：这个穷鬼又来了！我们来把他赶走！"说着，大嫂就和她的客人们向院子里跑去。这时库巴就把他的那个新的小银包儿摇一摇，对它说：

"亲爱的小银包儿，

拿出所需要的东西来吧！"

天呀，怎么啦！两根棍子从小银包儿里跳出来了。两根棍子跳出来以后，就向鲁加什嫂和她的客人们跑去，开始打他们，把他们打得乱嚷乱叫，四处逃跑。可是棍子比人跑得更快，转得也更灵活，谁也没逃了一顿毒打。那两根棍子好像最痛恨鲁加什嫂，因此打她打得特别多，特别重，直打得她的嗓子都叫哑了，鞋子也跳破了，衣服也烂了，颈上戴的珊瑚项圈也脱线了，滚的满院子都是珊瑚。

但是棍子什么也不管，还是打，打，打！

这时女主人就跑到库巴面前，沙着嗓子说：

"我把小银包儿还给你，我把小银包儿还给你，你把棍子收回吧！"

棍子什么也不管，还是打，打，打！

"我把房子分一半给你，农具也分一半给你，只要你把这棍子收回。"

棍子什么也不管，还是打、打、打！

"我把土地也分一半给你们，这样该公平了吧！"

棍子一听到这句话，就打得轻了一些。

那时库巴就叫道：

"柞树的孩子们，

回到你们的妈妈那儿去吧！"

棍子一听到这句话，就乖乖地回到小银包儿里去了。

鲁加什嫂十分惊讶，马上把小银包儿还给库巴，第二天当着人写了一个字据，把土地分一半给库巴。老实说，也只有这样才算公平。

那两个小银包儿后来怎样了呢？

没人知道，故事没告诉我们。

三个儿子

很远，很远，在一座高山后边；很远，很远，在一条深河对岸，那里有一个王国，又富庶，又美丽，又大。治理这个王国的是一个老国王，他的头发都白了，背也有点儿驼了。

这个国王有三个儿子。

老国王不只一次考虑过：他死以后，由哪个儿子做国王，是老大"有经验的战士"呢？是老二"战胜邪恶"呢？是老三"赞美快乐"呢？

有一次，老父亲说："亲爱的儿子们，我不知道我得把王冠给哪一个才好。你们到世界上旅行去吧，每一个人带一点儿东西回来。谁把最好的东西带回来，谁就在我死去之后，坐到我的王位上，治理国家。"

第二天，儿子们和父亲告别了，他们骑上马到世界上去旅行。他们到了一个三岔路口。有经验的战士说："我往左走。"战胜邪恶说："我一直走。"赞美快乐说："我往右走。""一个月之后，我们再在这个三岔路口上见面。""在正午的时候，在农民割草的时候。""干草的香气会把我们引到这里来，因为别处割下的草都没有我们家乡的干草香。"他们告别了，分路了。

一个往左，一个一直走，一个往右。弟兄们越走，互相离得越远，他们互相看着越来越小，直到他们都走进远远的深处，模糊不清的远处。

老国王顺着梯子好容易爬到塔上，站在小窗子前，用手遮着阳光，自言自语："那是三个苍蝇在我的眼前闪着？是三个鸽子在辽阔的田野上飞着？还是我的爱儿们在青青的远处走着？咳！老眼睛看不清楚，老心跟不上了。"

　　老国王下来了，坐在王位上，深思着，他想也许他再不能看见他的儿子们了，想到这里，难过得差点儿哭出来……后来慢慢地睡着了。

　　那三弟兄呢，仍然走着，走着，走着；走得很远，很远。

　　他们走过了一些什么地方？真是笔难写，口难述。他们走过一些四周都是石头城墙的城市，走过人们从来没有走过的荒野，走过同海一样无边无界的田地，看到过同海浪一样哗哗响着的地里的禾穗子。

　　一天中，会有多少事情发生啊，老大到了一个城市，那城市里有着一个定期的大市场：马车啦，牲口啦，摊贩啦，吃的东西啦，穿的东西啦，酒桶啦，盐包啦，呢子布匹啦……真是数也数不完。

　　老大在那些铺子之间走来走去，看看这个，又看看那个，他觉得样样都好，弄得头都昏了。他想："这儿找不到能够给老父亲带回去的东西，就哪儿也找不到了！"

　　这件用金线刺绣的衣服吗？这匹鬣垂到地上眼睛像金刚石般的公马吗？这个你一摇，它就会用人声说、笑和唱歌的盒子吗？真是不知道挑什么才好。

　　正在这时候，他看见一个小老头儿，站在栅栏旁边卖一条地毯。这条地毯既不大，又没什么好看的。母亲用的都是女仆们织得比它又大又好看的地毯。

　　小老头儿一面摇着那条地毯，一面唱着。

　　"这条毯子莫嫌贵，

　　买了绝不会后悔，

　　一千块钱拿出来，

　　坐在毯子上就能飞。"

　　老大站住了，大声说："您老怎么啦，发疯了吗？这块废布您竟要卖一千块金元。"

　　小老头儿回答道：

　　"废布是飞布，

　　能在天上飞。

一、二，到月亮，

三、四，抓太阳。”

"您老说的是老实话么？"

"纯粹的老实话。不信你上来试试看。"

老大在地毯上坐下了，小老头儿马上也跳上去，叫道：

"不顺地面走，

要在空中飞。"

那条小地毯在地上转了三下，果然在草面上沙沙地作响，像只鸽子一样离开了地，在天空中飞起来了。它越来越高，把老大的头都转昏了。他一手抓住那个小老头儿，一手抓住那条小地毯的边儿，把眼睛紧紧地闭起。等他重新睁开眼睛的时候，他看到他们已经高高地飞在云端。

现在看那个城市是多么小，好像只有云雀窠那么大；再看那片荒地，似乎一件大衣就能够把它盖起来；那片田野，就像一块银手帕一样，就像姑娘们给她们的爱人用银线绣的手巾一样——处处有刺绣出来的小河。

飞毯一落在地上，老大很快就把钱包从腰带上取下，取出金元来，数了一千金元给那个小老头儿，把小地毯拿走了。

他想："难道这样大的世界上，还能找到比这更奇异的东西吗？难道谁还能给父亲带来比这更奇异的东西吗？"

他把小毯卷好，系在马鞍上，恨不得马上就把这件礼物送给父亲。

老二也顺着他挑选的那条路一直往前走，可是不一会儿就离开了它，转到大草原里去了。他心里想："大马路会把我带到城市里，到人住的地方，到人声嘈杂的地方去，我离开它吧！"

因为老二这个人向来就这样。他爱好草原的安静和辽阔，爱好森林的绿荫。

他的马累了，他就下马步行。他走着，走着，自己也疲倦了。这时，他正好来到一个核桃树林，就停下来，让马去吃草，自己躺在树荫底下休息。

他无意中拔了一根草，放到嘴里嚼了几口，不料这是一根"聪明草"。他马上就听见从前听不懂的声音，马上就明白以前不明白的东西。
天空中卷过来一大片沉沉的，带着尾巴的乌云，乌云里籁籁地响着。老二
听到乌云正说着一些可怕的话。

"我这儿的雹子，

同河里的沙粒一样多。

我就要这样——

劈哩啪啦地

去打坏田野里的谷禾。"

突然大风也刮起来了，老二听到大风呜呜地说道：

"疾驰，飞跑，

快如闪电，

飞跑，疾驰，

把乌云吹散！"

说着就从下面把那块雹云狠狠地冲了一下，这时那块乌云就被它冲
开，变成一大片薄薄的乌云在天上散开。向树林那边跑去，它的大尾巴也
被风摘下来，分成了十多个小尾巴，散在天空了。

小尾巴们跟着乌云飞，叫着：

"妈妈，你等一等呀！等一等呀！"

但是乌云却顾不得等它的孩子们了，因为大风紧追着它！它只有
快逃。

老二觉得奇怪，他心里想："我从前也屡次见过乌云在天空飘，也屡
次听过大风吹，但是却听不懂它们的声音，不知道它们也会讲话。"

突然，新奇的事情又出现了。核桃树枝沙沙地响起来：

"在那远处你看见什么？在那远处你看见什么？"

核桃树回答道：

"我看见有病的动物往洼地里的一棵苹果树那儿去。"

老二觉得很奇怪："那是一棵什么苹果树呢？为什么有病的动物都去
找它呢？难道它会安慰它们吗？它会治好它们的病吗？"

这时，那棵最老的核桃树好像回答他心里所想的问题似的，开始说话了：

"这棵树从来没有过，

人的声音它没听见过，

地上的烟火它没看见过，

半夜的大风它没遇到过。

树上开花黄金黄，

结的苹果香又香，

美味的苹果闻一下，

多活七年寿命长。"

老二心里想："我得去看看那棵奇怪的苹果树，"他站起来，轻轻地、偷偷地跟着那些动物去了。

他走呀、走呀，走过草原，后来走到一片绿草地；那地里草长得又密又深。地越来越低，越来越低，结果到了一个深深的山谷里。这谷地底上有一条小溪，小溪边上长着一棵苹果树。这棵苹果树长得又普通，又不普通。灰树干，绿叶子，红红的苹果，但是小溪一到那树旁边就轻轻地流着，风一到它那儿就同狗一样在地上爬着，太阳光到它那儿就照得更暖，照在它身上的金光比照在别的树上的多得多。

动物们从四面八方向那棵苹果树走去，它们有生病的，有体弱的，有拖着脚爪的，有跛脚的，有老得伸不直腰的，有忧愁的，还有没精神的。但是它们都一个一个勉强地走到苹果树边，一闻到那苹果的香味，马上就变成一些强壮的、活泼的、精神饱满的动物了，然后快快活活地跳开那棵树，跑到沙沙作响的绿草里就不见了。

老二想："难道我还能够找到什么比这样的苹果再好的东西吗？它既会把老年赶走，又能把痛苦撑开，更能把健康和快乐带来。我就把这样的苹果送给父亲吧！"

他摘下一个苹果，把它好好地放在怀里，就回到他留下马的草原上去了。到第二天，天还没亮的时候，他就向三岔路口——和他兄弟们约定见面的那个地方去了。

老三既不走阳关大道，也不走空空荡荡的草原，他顺着那些田野的小路、草地和沼地上弯弯的小径，从一个村子走到另一个村子。每到一个地方，他就问：

"你们这儿有什么可看的没有？"

可是他到过的地方都没有什么稀奇的东西。老三很失望，他怕自己找不到东西送给父亲。可是当他走到最后的一个小村里的时候，遇到了一个老头儿。那老头儿告诉他说：

"小伙子，你往左边走，

你会找到一棵卷叶树，

树边有一块平川地，

有一间倒坍的小房子，

房里住的是阿加特老婆婆，

她有一只喜鹊一只猫，

还有一个古里古怪的怪东西，

让她把那个古里古怪的怪东西送给你。"

老三听了非常高兴，谢了那个老头儿，向左边走去。

老人家说了什么，他果然就找到什么；一棵被风吹倒的树边，有一块同桌子一样平的高地，高地上有一间倒坍的房子。房子前面坐着一位老婆婆，在她肩上落着一只喜鹊，膝盖上卧着一只猫。

老三向老婆婆问了好。老婆婆说：

"我等你，

已经等了无数天，

到底看见你来到我的身边。"

奶奶，您愿不愿意把那个古里古怪的怪东西给我，让我给我父亲拿回去？"

"好孩子，我给你，我给你那件宝，

我从你眼睛里看出你的心眼好，

我自己呢，是个就要死的人了。"

老婆婆在屋顶上摸了一下，摸出一个小镜子来。

"给你这个'缩地镜'。告诉我你想看什么？"

"我想看看我的两个哥哥，看看他们在干什么。"

"老婆婆转了转镜子，让太阳光照到它，就说：

"缩地镜，

请你马上实现我的愿望！

云彩在天空飘动，河流在地面荡漾，

请你用巧妙的办法，照出来，

两个哥哥现在在哪里？"

老三一看：小镜子里照出的事物如同放在自己的手掌上那么清楚，农民们在路边割草，而老大和老二都骑着马往兄弟们约定见面的地方跑，老三奇怪的直抓头，这真是怪事！尽管他是一个王子，但他还是给老婆婆磕了一个头，然后才把小镜子放在皮靴筒里，上了马。霎时间，路上尘土大起，老三飞快地向三岔路口跑去！

弟兄们在约定好的地点碰头了。他们互相问了好，就开始叙述每个人旅行的经过。老大说："我给父亲带来了一条神奇的地毯。"

老二说："我给父亲带来了一个神奇的苹果。"

小弟弟说："我给父亲带来了一面神奇的小镜子。"

老大说："坐上我的小地毯，说完一句话，这条地毯就会把人带到云端……说完一，二，三，就会到达你要去的地点。"

老二说："哪怕是个就要死的人，只要闻闻我的这个苹果，马上他就站起来，再好好地活七年。

小弟弟说："要是请我的小镜子帮忙，你要看的地方就会清清楚楚的呈现在你的眼前。"

两个哥哥对那个小镜子都感兴趣。

"那么，你把它拿过来，让我们看看父亲现在怎么样。"

老三从皮靴筒子里把小镜子掏出来，转了一转，让阳光照着它，就说：

"缩地镜，

请你马上实现我的愿望！

云彩在天空中飘动，河流在地面上荡漾。请你用巧妙的办法照出来，

让我们看看父亲现在怎么样？"

兄弟们仔细一看：哎呀，天哪！父亲快要死了，城堡的窗子都用白麻布盖起来了，粗粗的大蜡烛在那儿燃着。城堡前面专门哭丧的女人一排一排地坐在长凳上哭着。人们让父亲躺在谷草上，这是传统的习惯，就是一个国王也得死在普通的谷草上。国王的脸同蜡一样黄，眼睛也闭上了……

因为哥哥们不在家，就由妹妹到院子里去打蜂房，一面敲打着，一面低声地说：

"蜜蜂儿，蜜蜂儿，国王就要死了！"

这也是传统的习惯，得先告诉蜜蜂；它们的主人就要离开这个世界了。三个王子商量："我们去帮助父亲吧！""去救他吧！"

"快去，快去，不要误了事！"

老大把地毯铺开，兄弟们跳上去了。

"不顺地面走，

在天空中飞，

飞到父亲的院子里！"

地毯在草面上沙沙响了几声就飞上去了，它在云端上飞着，连燕子都追不上它。田地、河流、树林、农村在下面闪动着。才看见一件东西在前面，转眼工夫就在脚底下，再一下就落在后面了！兄弟们心里的惊讶还没平复，毯子已经到达父亲的城堡，落在大门正对面的草地上了。老大连忙跳下去，跑到父亲的房子里，跪在父亲的床边。

这时已经是最紧要的关头，老国王的心脏跳动眼看就要停止，只剩下最后一口气了。老二连忙把那个神奇的苹果移近了一点。突然，发生什么样的变化呵！那苹果的香气一到老国王的鼻孔里，老国王脸上的黄色马上不见了，眼睛也睁开了。他又闻了一下，马上身子就能动了，并且微笑了

一下，说：

"亲爱的儿子们，你们回来了……"

闻了第三次，就想坐起来。老国王问：

"什么狗在窗子外面叫？"

"父亲，那是哭丧的女人们在哭，因为刚才你就要死了。"

"你让她们走吧，我不会死了！"

说着国王就从床上起来，对惊讶的人们说：

"你们干吗哭我呢？快点给我拿一大碗羊肉，一瓶啤酒来！要浓一点的！"

第二天，老国王说：

"我的好儿子们，我心里有一件事很让我痛苦。我不知道你们的礼物哪一件最好：是那个飞毯呢？是那个使人复活的苹果呢？还是那个缩地镜子？你们哪个人该算第一？"

老三说：

"要不是我的小镜子，我们就不会知道父亲要死了。"

老大说：

"要不是我的飞毯，我们就来不及帮助父亲了。"

老二说：

"要不是我的宝苹果，父亲只怕就要躺在棺材里了。"

"对呀，完全对。"国王想了好半天，一面想着，一面看着远处，好像想看到他离开世界以后的那个世界上的生活似的，然后就慢慢地说：

"儿子们，好孩子们，我要告诉你们什么，就告诉你们什么，但是，我告诉你们，可得让我的老脑袋慢慢地想一想。我们等一个月吧，等月亮在天空中变四次形之后，我再说出我的继承者的名字。"

晚饭以后，整个城堡都沉浸在睡眠和安静中了。只有城楼上守卫的偶尔互相打招呼。老国王在半夜里起来了，他把窗板推开一块，从那里眺望着世界。天空中的月亮圆圆的像，圆盘一样照耀着，银清清的。

"好月亮呀，你慢点变形吧！好让我的孩子们多有点时间表现自己：

看他们谁会使自己的礼物对人民最有利，我就让他做我的承继者。"

就这样一天、两天、三天过去了，什么事情也没有。

有一天，天空中出现了一大块儿带暴雨的乌云。

突然，倾盆大雨下起来了，山洪像怒吼一般，哗啦哗啦地往下流。天空中的闪电，像大火鸟一样忽来忽去，雷声隆隆，使得大地都颤抖起来：一个霹雳打到羊圈旁边的一棵孤独的橡树上。那棵橡树，一下子全烧起来了。这时候，村子里的人都叹气道：

"我们的羊都要在圈中烧死了！"

"现在我们可没办法去救它们！河上的浅滩都被水淹了！"

"哎呀，苦命呀……亲爱的小羊，你们都会烧得同干树枝一样，活受罪！"

老大听到了，他马上拿起他那条小毯子，跑到城堡的大门口。

"小伙子们，来吧！小毯子能站几个，就来几个！"

十个小伙子跳上了小毯子。这时老大叫道：

"不顺地面走，

要在空中飞，

到烧着的橡树那儿去吧！"

他们就像鸟一般飞过了河流，落在斜坡上，把圈门打开，把圈的一边拆掉，所有的羊都给救出来了。

村子里的人们这下可高兴了，大家又是感谢，又是惊讶，争着谈论这件事！大家一直谈到深夜，房里烧起代替蜡烛的木头来，因为人们总谈不完这回的暴风雨，总谈不完那条宝毯和王子的好心眼。

又是一天、两天、三天过去了。

有一天，老三骑着马走过一个农村，看见一个女人坐在一块大石头上，哭得十分伤心。他就问道：

"大娘，您怎么啦？为什么哭？"

"好王子呀，我找我的小儿子，我的小儿子不见了，我的唯一的宝贝儿不见了！他前天带羊到牧场去放，到今天还没回来。本来他每天晚上都把羊带回家来的。是被狼咬死了呢？是被打死了呢？还是从山上跌下去，把头给跌破了呢？……那些羊也可怜，羊也没有了。哎呀，我的唯一的爱儿呀！”

“大娘，您不要哭。小伙子也许在树林里迷失了路。我们马上就会知道。”

老三一伸手，从皮靴筒子里掏出他那个小镜子来，转了一转，让太阳照到它，就说：

“缩地镜子，

请你马上实现我的愿望！

云彩在天空中飘动，河流在地面上荡漾，

请你用巧妙的办法照出来，

小牧童，现在在什么地方？”

小镜子上面起了一层雾，不一会又清楚了。

“大娘，您来看看吧！”

那个女人连忙跳起，眼睛盯着小镜子直瞧。她看到她的小儿子正站在山涧的一个深渊边，伸着两手，向人求助。小羊们着急地环绕着深渊跑着叫着，可是没办法帮助它们的小牧童。小伙子的手都累了，他饿的摇摇晃晃。

“这是他！他！我的宝贝儿！”

那个女人说着就向一家人家跑去，王子向另一家人家跑去，敲着他们的门叫道：

“乡亲们，救命呀！”

村里人从房子里跑出来，挤在小镜子跟前。

“这是——老大娘的孩子！”

“他跌到蛤蟆山旁边的坑里去了！”

“走松树林的那一条路最近！”

村里的人有的忙着拿绳子，有的忙着拿梯子，一齐去救小牧童。母亲也跟着他们一起走。她拿了一桶牛奶，一块面包，预备给她受饿的爱儿吃。她一面跑，一面哭，不过流的却是幸福的眼泪。

村里人们又谈起来了：他们谈救出来的小牧童，谈那面宝镜子，说王子的好话。

又是一天、两天、三天过去了。

月亮已经变过三次，它出得越来越早，越来越圆了。

有一天，国王的一个臣民——一个只有半亩地的贫农来敲打城堡的大门。他一面打，一面哭，哭的浑身不断发抖，连一句话都说不出来。他求人救命，求人帮助他——他的妻子要死了，家里有五个孩子，而且都很小。要是他老婆死了，他一个人怎能照顾这些孩子呢？

仆人搔搔头。

"呵，你去找战胜邪恶王子帮助你吧，不过他打猎刚刚回家，累得很，正在睡觉。"

"请你把我带到他那儿去吧，好心的人！也许他不会把我赶出去，也许他会可怜我！"

那个农民走到老二的房里。看见王子正躺在铺着狼皮的床上睡着，睡得很香，打着呼呢。床前有几条猎狗卧着。狗叫起来了。老二睁开了眼睛。

"好王子，救救我的命吧……我的老婆就要死了，我有五个孩子，都很小！"农民哭着说。

老二连忙爬起，把宝苹果从袋子里拿出来。

"到你家去吧！快！"

他们俩跑出大门，在牧场上抓住两匹马，跳上马就走。农民骑的那匹跑在前头，王子骑的那匹跟在后头，不一会儿，就到了农民家里。

"她还活着呢！还在呼吸！"

老二把宝苹果拿到女人的脸边。瞧！一下有多大的变化！

一、二，那个女人的脸发红了。三、四，她微笑了，从床上坐起来了。五、六，她拉住孩子对丈夫说：

"你加点木柴，烧点水，煮条鱼，我挤点牛奶去。"

　　城堡已经沉浸在睡眠和安静中了。只听见城楼上守卫的偶尔互相打招呼。老国王半夜里起来了，把窗板推开一块，从那里眺望着世界。月亮在天空中照着，同圆盘一样的圆，银清清的。

　　"亲爱的月亮，你变过四次，又同过去一样了。可是我不一样了。以前我不知道把王位传给谁，现在我知道了：要把我三个儿子都看作是我的继承者，让他们共同管理国家，因为他们三个人都表现出他们是那样的人，三个人都要为自己的人民服务。"

　　老国王就这样做了。

灰姑娘

从前有一个孤儿，她为了找工作，从一个村子走到另一个村子，从一家院子走到另一家院子。有一天，她走到一个阔人家的院子里，那院里的管家婆对她说：

"你就住我们这儿，当一个炉灰姑娘吧！因为快到冬天了，房间里生火了，你就替我们生炉子，收拾炉灰。"

孤儿就留在他们那儿了。大家都管她叫"炉灰丫头"。只有到星期日和节日的时候，人们照例不得不对每个人好一些，才叫她"灰姑娘"。

可爱的秋天很快就过去了，让人不好受的天气来到了：不是下雨，就是刮风，整天阴云不散，寒气逼人。从柴草房里运来桦树、松树、米心树和柞树等劈柴。炉灰姑娘每天要生二十个房间的火，到了晚上就要收拾二十个壁炉里的灰。

那些房间是各不相同的。有些是招待客人用的，这些房间的墙上都挂着各种各样的壁毯和彩色的刺绣，长凳上铺着熊皮，架子上摆着成套的银制食器，壁炉是用大理石砌的。在较小一点儿的房间里，墙上挂着绣花的手巾，长凳上铺着狼皮和羊皮，壁炉是用方块石头砌的。在最小的女仆住的房间里和男仆们住的小房间里，用落叶松做的墙散着松香味儿，凳子上什么东西也没铺，火炉子是用野石头和泥砌的。

但是不管哪个炉子，同样都得生火。天气越冷，每个炉子烧的劈柴也就越多，从每个炉子扫出来的炉灰也就越多。这样就弄得炉灰姑娘是一身灰，满脸乌黑，简直看不出她长得怎样。是年轻美貌呢，还是老得难看？

这所阔气的房子的主人，是寡妇亚贺娜夫人和她唯一的儿子。这位青年快满二十三岁了。他长得很漂亮，力气也非常大。他能随便就抓住大公牛的角，把它的头按到地面上，使得那公牛气得用尾巴打自己的肚子，但是别想爬起来。他满不在乎地独自去打狗熊，也常常背着打死的麋鹿，从森林回到家里。

　　但是这位少爷因为自己既生得漂亮，力气又大，又有钱，便十分骄傲。他要叫仆人的时候，并不好好地叫，只是打个口哨，好像唤狗似的。或者一个因工作而满身出了汗的小伙子，一不留心碰了他，少爷马上就把自己的上衣脱下扔掉，再也不穿它。面对灰姑娘，他甚至连看都不看。一看到那个可怜的满脸灰土的小孤儿，就远远地走开了。

　　我还得告诉你们一件事情，灰姑娘很爱鸟儿。到冬天的时候，她把厨房里所有的剩饭收起来，把在干燥房里地板上找到的谷粒儿都扫在一起，给饥饿的鸟儿吃。因此，像家雀呀、山雀呀、五色鹦鸟呀、鹡儿鸟呀，一看见她就飞过来，高兴地吃她撒的美味的东西。她也爱喂鸽子。这样一来，所有的鸟儿都非常地喜欢她、感激她。

　　春天到了。有一天，少爷在院子里的池子边洗手，把手巾挂在树上，突然一阵风把手巾吹了下来，落到院子里。灰姑娘看见了，她连忙跳起来，拾起了那条手巾，好意地把它递给少爷，可是少爷却狠狠地说：

　　"你这脏丫头，别靠近我，走开！"

　　他把手巾从灰姑娘的手里夺去，揉成一团，扔到牛栏的粪池子里去了。

　　"我不用炉灰丫头手里拿过的手巾擦手！"

　　灰姑娘心里很难过。可是有什么话可说呢？她只好转过身去，干她的脏活儿——看厨房的炉子去了。

　　过了几天，突然有一个好消息传来，说星期六那天，村里准备举行舞会。灰姑娘也很想去玩玩，她到管家婆那儿去请求。

　　"呵哈，你也想去玩？家里的活儿多着呢，罂粟粒儿和灰混在一起了，得把它们分开。"

　　说完这话，管家婆就指了指放在墙边的一个大袋子。

　　"你把这个袋子弄到你的房间里，马上动手干活，要是到明天下午你能把所有的罂粟粒儿都给捡出来，晚上就让你去跳舞。"

哎！真是苦命呀！

那个袋子沉得很，灰姑娘同小牧童两个人好容易才把它弄到她的房间里。她从袋子里掏出一把灰来，从里面把罂粟粒儿找出来，放在一边。可是这个活儿干到什么时候才干得完呢？一个月也完不了！

甭想玩了！甭想跳舞了！

可是，突然鸽子在窗户外边拍着翅膀，咕咕地叫起来了。

"灰姑娘，别着急，

我们会帮助你，

动动翅膀，动动嘴，

就会把东西分成两堆。"

鸽子们飞进房里来了。它们开始一面用嘴儿啄，用爪儿抓，一面用翅膀儿煽灰……那堆罂粟粒儿眼看着涨起来了，越来越高……越来越高，可是炉灰，却像乌云似的，从窗户里飘出去。

天还没黑的时候，活就干完了。

第二天，灰姑娘去对管家婆说：

"您交给我的活儿已经干完了，这会儿该让我去玩了吧？"

管家婆不好意思抵赖自己的话，但她心里却在想："这个脏丫头，怎么能让她玩去，别人家岂不要把她从舞会里赶出来！"她毒辣地笑了笑，然后说：

"去吧，去吧，好好地跳到早晨吧，只是你可要在日出以前，就把厨房里的炉子生好火。"

灰姑娘十分高兴地出来了，连忙跑到自己的房间里，把脸洗干净，头发梳好。可是这时候她才明白过来。她对自己说："你这个傻瓜，穿着这样的脏裙子，这样破破烂烂的衣服，怎么能去玩!？只会引起别人的嘲笑和惊讶罢了……你还高兴什么？"

恰巧这时候，一只鸽子飞来了，对她叫道：

"灰姑娘，咱们一同去。

几步就到柞树林！"

　　鸽子低低地飞着，不时回头看看灰姑娘。

　　灰姑娘跟着它跑。到了柞树林，鸽子绕着一棵老柞树飞了三圈，每次用嘴在树上啄了一下。

　　"老柞树，谢谢你，

　　给灰姑娘送点儿礼！"

　　到第三次，老柞树裂开了。灰姑娘一看：里边有间大房子，房子里有很多大箱子，箱子里有很多节日穿的衣服。这儿是用细布做的绣着小花儿的衬衫，那儿是用天鹅绒做的克拉科背心，上面绣着金花和银花，这儿是大花褂子，那儿是带边儿的围裙，还有一些珊瑚、琥珀珠子，珠子上的带子长得都垂到地上了。

　　呵！这才真的是一些漂亮的衣服、裙子和首饰呀！

　　灰姑娘穿上一件克拉科的衣服，对着湖水一瞧，连自己也不认识自己了，她完全变了样子了。

　　她给柞树鞠了一躬，就向舞会走去，这时她已经听到从那边传来的音乐声，提琴在唱着，笛子在叫着，鼓在响着。

　　家家户户的姑娘和小伙子们，都齐向舞会跑去。

　　灰姑娘到了舞会，大家的眼睛好奇地瞧着她。这位最美丽的姑娘是从哪里来的？她长得多么端正，多么文雅，她的那身克拉科的衣服又是多么新颖漂亮，她的那双高跟鞋有多好、多高！一直到膝盖都是用红带子系着的。

　　大家把她围起来了。她家的少爷也来跳舞了。他拨开人群，站在灰姑娘面前，用鞋跟拍地一个立正，伸出手去，对乐队大声叫道：

　　"来个慢步舞！"

　　小伙子们马上就请姑娘们跳舞。每个人都选了舞伴，慢慢地绕着圈跳起来。

　　灰姑娘和她家的少爷领着他们跳。同太阳刚刚出来，慢慢地上升一样，大家都像还有点儿没睡醒，或者有点儿不好意思似的，都不慌不忙地、稳重地、小心地、一步一步地走着，好像是要先踩平一个圈子，然后才在那圈子里旋转。他们这样走了三圈，然后少爷在乐队前面停下，把一块金币扔给提琴手。

提琴手拿起琴弓，看着领舞的人，等他的吩咐，该奏什么舞曲。少爷唱起来了：

"母亲，马儿备好了，

我向洛雄池骑马跑，

他们的音乐奏得妙，

使得腿儿自己跳。"

他唱完，提琴手的琴弓才落在弦上。提琴拉得越来越有劲，越来越快，越来越高兴。

现在一对对跳舞的青年男女都开始从东向西转了，他们都注意着转的速度，生怕转到大圈子以外。他们转得很带劲儿，但是转得不急，好像那些在马房里站腻了的马一样，刚刚套上马车，本来就想快跑，可是缰绳来缚着它们。这些青年们，现在也就是这样，浑身的劲儿，还不能完全使出来。

过了一会儿，领舞者又对乐队叫道：

"公鸡的毛儿呀，

谁给拔出来了？

不是我，不是你，

是村长的女儿。"

拉提琴的琴弓拉得快起来了，打鼓的也打得更有劲了，吹笛子的吹出了响亮的音调，就像一些小珠儿落在铜盘上似的！跳舞的人们又都从西向东转起来了，并且还很快地转着，直转得看的人眼花缭乱，每一对舞伴，也都好像变成了漩涡里的小涡涡似的，观众们唱起歌来了——姑娘们和小伙子们对唱起来了：

"鸭子水上漂着，

毛上没有金边，

我想娶你，姑娘，

要是你有金钱。"

"要是我有钱，

要是我有钱，

我也不会嫁给你，

瞧你这股子懒劲儿！"

提琴拉得更快了，笛子也吹得更响亮了。

"嗨！我们想跳舞，

嗨！可惜地方太窄！

嗨！把壁炉挪到门外，

嗨！我们才能转得开！"

这时候本来应该往右转，可是大家却乱转起来了。

姑娘们抓住了小伙子们的肩膀，小伙子们搂住了姑娘们的腰，大家都像漩涡似的乱转着，每对跳舞的人都是爱怎么转，就怎么转，于是你向左，我向右，你靠近墙，我靠近房中间，哪儿有地方转，就向哪儿转！快，快，再快，更快！似乎墙也转起来了，天花板也在往下掉，地倒跑到头上去了，弄得满房子都雾气腾腾，也不知道是升起的尘土呢，还是人们吐出的气。大家就在这种雾气腾腾中转着，一会出现，一会儿又不见了，好像煮在大水锅里的豆子一样。

谁也不管秩序了，结果弄得大家互相乱碰，连自己也站不稳。一会这儿有人叫，一会那儿有人唱起歌来；一下有人嘘地吹了一声口哨，就像用刀子劈开空气一般，一下又是一个笑声往上飞去，就像鸟儿的翅膀向天花板上冲去。房子里是一片嘈杂、欢笑声，充满了青春的力量和快乐！

少爷一直都是同灰姑娘跳，跳到他们俩都累得再也跳不动了，才靠在墙边喘喘气。等他们的心跳慢慢地平静下来时，少爷问道：

"姑娘，姑娘，你是哪儿来的？我从来也没看见过你。"

灰姑娘一句话也不说。

"你是从哪个村子来的？告诉我……"

灰姑娘回答道：

"从'扔开手巾村'里来的。"

说着说着，天已经亮了。姑娘连忙混在别的姑娘们中间，悄悄地溜进过道，然后跑回家去了。这时少爷想找她，怎么也找不着了。

日子又一天、二天、三天过去了。

灰姑娘还是天天在厨房里忙着干活，一下扛劈柴，一下扫炉灰。因为夏天除了厨房的炉子以外，别的炉子都不烧，就叫灰姑娘帮着养猪的去养猪。这样一来，她又要忙着给猪送东西吃，打扫猪圈，用刷子给猪刷毛了。

少爷这些日子都不在家。因为他忘记不了那个同他在一起跳过舞的漂亮的姑娘，他骑着马到处去找那个"扔开手巾村"。他跑遍了各村，挨家挨户地探询，逢人便问知不知道那个"扔开手巾村"在哪里。可是，大家都说，一辈子也没听说过有这么一个村子。

马跑瘦了，少爷也弄得又瘦又黑，累得半死不活地回到家里，什么也没找到。少爷愁眉不展地在花园里和后院里走来走去，骂仆人们，对灰姑娘更恶劣，因为她不仅同过去一样脏，现在她身上还有一股子猪圈里的臭气。

又有一回，少爷骑着马，手里玩着马鞭子，一个不小心，马鞭子从他的手里掉在地上了。

灰姑娘一看到，连忙跑过来，把鞭子捡起，很有礼貌地交给少爷。

少爷大喝了一声：

"臭丫头，滚开！"

他把马鞭子从她的手里夺过来折断，扔到了路上。

过了两个星期，村里又准备开舞会，灰姑娘又想去玩玩。

她到管家婆那里去请求，管家婆恶狠狠地对她说：

"呵，你又要出去玩！你可知道，家里正准备做新的果子蜂蜜酒，你得把园子里树上长的果子都给摘下来，一个也不留。快去吧！要是你能在日落以前把这件事办好，我就让你去玩！"

哎呀！园子里的果子可多啦！就是一个星期也摘不完呀！何况太阳已经偏西了呢！

灰姑娘低下头想："甭想玩了！"她手里拿着柳条篮子到花园里去了。到了花园一看，一棵一棵的果树上都蹲满了鸟儿，多得连树枝子都被压弯了。

鸟儿唧唧喳喳地叫道：

灰姑娘，灰姑娘，别着急，

我们会来帮助你，

几千只鸟儿几千个嘴，

摘起果子不费力。

小鸟儿们马上都开始工作起来，它们一齐把小果子往下扔，使得灰姑娘都来不及往篮子里送，不一会儿，篮子就装满了。

她跑来跑去，跑了二十趟，把所有的果子都送到家里去了。树上连一个没剩下，但是太阳这时还没下山呢。

管家婆直摇头，几乎不能相信自己的眼睛，她心里又奇怪，又生气，但是不能抵赖自己的话。

"好吧，你去玩吧，可是天一亮就得回来！"

灰姑娘跑到自己的房间里，洗了脸，梳好了头，这时又有一只鸽子在敲她的窗户了：

"灰姑娘，咱们一同去，

几步就到柞树林。"

鸽子又绕着老柞树飞了三圈，用嘴啄了三下，讲了三次奇异的话。柞树又裂开了，里面的房子又出现了，房子里的箱子和箱子里的克拉科的衣服也又出现了。衣服根本就用不着挑选，每一件都好看得很。

灰姑娘急急忙忙地穿衣服。她穿上了一件用细麻布做的、绣着碎花儿的上身，穿上一条华丽的裙子，一件绣花儿毛背心，扎了一条丝头巾，穿上一双高统皮靴，腰里系了一条上面有珊瑚和琥珀珠子的长丝带。她穿好后，对着树林里的小湖照了一下，满意地拍了拍手。

她又跳舞去了，又是同少爷在一起领头跳。少爷十分奇怪，这个穿得这么好看、跳舞跳得这么轻巧的漂亮姑娘是谁呢？姑娘们都羡慕那个漂亮的姑娘，因为小伙子们都看着她。

少爷又请她告诉他，她是哪儿来的，住在哪个村里，他可不可以派媒人到她家里去，因为虽然他是个阔人家的少爷，而她不过是一个农村姑娘，但是他如果没有她，就活不下去。灰姑娘只是笑着把话岔开，同他讲别的。

当她看到东方已经发白的时候，知道该回去了，这时她才说：

"告诉您我是哪儿来的吧，我是'折断鞭子村'里来的！"

说完就像小鱼儿钻到水里一样，钻到一群姑娘们中间不见了。

灰姑娘又在忙着收拾火炉子，打扫猪圈。少爷又骑着马到处去找"折断鞭子村"去了。

有些人奇怪他，有些人嘲笑他，有些人可怜他。

"可怜的小伙子，他脑子里大概是有点儿什么毛病啦。前些日子，他找个什么'扔开手巾村'！现在他又在找什么'折断鞭子村'。一个又年青、又健壮、长得又不错的小伙子，多可惜呀！"

少爷回家来了。他十分憔悴，整天愁眉不展，对什么人都不说一句话。

亚贺娜夫人着急起来了，连忙请大夫来给儿子看病。大夫们都极力想办法；又给他放血，又给他吃药。可是都不大见效，他还是整天的愁眉不展。

大夫们没有主意了，于是亚贺娜夫人又请了一些"乡下姥"来。一些老牧人，老婆婆们来了，他们用毒草烟熏他，往水里扔三种木炭（用田里、草地上和森林里的树木烧成的炭）。扔完了，对着水念一阵咒，然后叫他把水喝下去。结果也没用处，他还是整天的愁眉不展。

他不说话，老骑着马在草原上跑来跑去，或是把自己房间里的门锁上，倒在床上，一睡就是一天。

过了两个星期，又到了星期六，村子里又准备开舞会了。

鸟儿们第三次帮助了灰姑娘。

管家婆叫她到草原上去，在一个下午的时间，拣足够做一个羽毛褥子的鸟毛。要是能把这件事情办好，她就可以去玩。

一大群鸟儿们飞来了，它们都把自己的毛往灰姑娘身上扔，扔了一大堆，把灰姑娘都给盖上了。她连笑带爬从毛堆中爬出来，用双手捞取羽毛，放在袋子里。

灰姑娘又跟着一只鸽子到老柞树那儿去了。这次她穿上了宫女的衣服——白的纱衣服，头上戴着一个金环儿，脚上穿着一双金鞋子。

她又跑到开舞会的地方去和少爷跳舞。

这次少爷可拿定了主意，不让她逃跑。

他叫了一个人偷偷地在门口倒了一大桶柏油。他心里想："她这一回可跑不了了。"

他们尽情地玩着，还是由少爷领头跳舞、唱歌。拉提琴的带劲地拉着，打鼓的用力地打着，吹笛子的响亮地吹着。大家跳着各种各样的舞。先跳了一会慢步，接着又跳快步，最后跳又转又蹦的舞。

天已经亮了，鸟儿已经唱起歌来了，太阳就要出来了。

灰姑娘着急起来：

"太晚了，得跑了！"

舞没跳完，她就离开了她的伴儿，从房子里跑了出去。少爷跟着她。灰姑娘一不小心，踏在柏油上，她的一只金鞋子陷住了。她连忙把脚一抬，只带着一只鞋子跑了。

少爷把那只鞋子拾起来，用草擦干净。他想："现在有了你的东西，就不怕找不到你了。"

灰姑娘跑到柞树那儿，赶快把美丽的衣服脱下去，又穿上自己那身破烂的衣服。但是柞树不愿意收一只鞋子。灰姑娘只好把留下的那只鞋子包在一片大叶子里，放到怀中。

少爷倒思索起来，因为爱情在他的心里起了变化。第二天，他穿上了麋皮衣服，带了一把大刀，把那只金鞋子放在袋子里。他心里想："我还从来没做过什么好事。那么，我凭什么想得到奖赏呢？有什么资格去向我所心爱的姑娘求婚呢？我要到世界上去，用我的力量和意志向一切的恶势力作斗争。这样，也许能够得到向她求婚的权利。"

他骑着漂亮的阿拉伯马，到世界上去了。他走呀，走呀，越过了三座高山，渡过三条大河。有一天，他到了一座石城边，抬头一看：见城门紧紧地关着，里面传出一阵阵哭泣的声音。

"怎么啦？这个城市出了什么事情了？"

有人爬上城墙，哭着告诉他说：

"哎！我们的城市碰到了不幸的事情。离这不远的一个山洞里住着一条孽龙，它每天中午叫骑士们去和它格斗，它打败一个，就吞下一个。也不让我们出城门，我们已经没东西吃了。哎！我们多不幸呀！

少爷想了了想，就拿起大刀，挥了几下，试了试自己的力量，然后说：

"亲爱的市民们，你们别难过，我今天就替你们打孽龙去。也许会打败它，也许会解救你们。"

说完，他就向山上去了。城内的居民都爬上了城墙，城墙上挤得满满的。他们都默默无言，替这一场战斗担心。一个个都握紧了拳头，像是他们想把力量也加到那个青年身上似的。

"解救我们吧！解救我们吧！"

少爷一面走，一面回想他小的时候，老奶妈讲给他听的一个故事。那个故事是讲一个三头龙的。只有一刀就把那个龙的三个头全都砍下来，并且不是为了金银财宝才去和那个龙斗争的青年，才会取得胜利。

正午了，孽龙从洞里窜出来，向少爷扑去。它张开三个口咆哮着，用爪子抓地，尾巴乱甩；弄得满天都是尘土。

少爷双脚站得稳稳的，右手拿着大刀，等着。

龙跑过来了，在最要紧的一刹那间——那条大龙已停在他面前，少爷先把身子往后一仰，然后猛地就是一刀！龙的三个头掉在地上，顺着地向河里滚去，它的尸体也跟着那三个头一起滚下去了。

这时城里的人都感到说不出的高兴。

城门大开了，人群如同潮水一般向那个勇士冲去，把他放到肩上，抬到城里。城里所有的钟都响起来了。人们打着五颜六色的旗子，奏着悦耳的音乐，忘记了饥饿和疲乏，在广场上跳起舞来；他们又跳又唱，并且高声大呼万岁；那匹阿拉伯马也送到了公家的马厩里去，用好的燕麦喂它，给它泉水喝。

当大家安静一些的时候，市议员们问勇士对他的功勋要什么样的奖赏：

"要金子吗？市民马上给他拿来金子；要做市长吗？现任市长会高高

兴兴地把城门钥匙交给他。”

勇士回答道：

“我只请求这样奖赏：让城里所有的姑娘和寡妇们把她们所有的靴鞋都送到广场上来让我瞧瞧。”

市议员们一听这话，都愣住了，他们互相看着。

“什么？怎么说？鞋子？姑娘？寡妇？”

他们个个都以为听错了。

地保带着鼓到广场上去，向市民们宣布这个消息。

人们听到这个消息，都十分惊讶，直到有一个鞋匠叫了一声：“且不管它，我们还是先把广场收拾好吧！”这时大家才七手八脚地忙着收拾起来。有的忙着收拾店铺，有的忙着扫地，有的忙着搬长凳子，把它们一排一排地放好，准备放靴子和鞋子。

姑娘们和寡妇们都在房间里忙着。她们在柜子里、箱子里、床底下，把她们的鞋子都拿出来。有的还跑到鞋匠铺去把没楦好和还没修理好的鞋子也拿了回来。她们有的给鞋子上油，有的用刷子刷，有的给鞋子钉上扣子和带子，打上后跟，补上窟窿。她们都带着自己的鞋子急忙向广场走去，每个人都想先到。

不到一个钟头，所有的长凳子上都摆满了女人的鞋子：有草鞋、有木鞋、有半高跟鞋、长筒皮靴、有粗的、不好看的，也有精致的、漂亮的，还有带花儿的，总之，各式各样的鞋子，应有尽有。

少爷在这鞋子队伍中间走来走去，寻找和他袋子里那只一样的金鞋子。他这边瞧瞧，那边看看。有些鞋子，远远地看上去，似乎和他袋子里的那只是一对，可是等跑到跟前，把他袋子里的那只拿出来一比，又不对了。没办法，那个姑娘不住在这个城里。

少爷又骑上马继续前行。他走过了一片荒无人迹的原野，那里只能听到野兽的吼叫声和百年老树的沙沙声。

他穿过那片原野，到了一个大草原，又走过那个草原，然后到了一个村子。这个村子让人奇怪，除了小孩子和一些弯腰驼背的老太婆和老头儿之外，一个青壮年也没有。

村子里有一座钟楼，楼上的那口钟有气无力地摇晃着，要死不活地响着：一会儿停下，一会儿又打起来。

"喂，老公公，请您告诉我，你们这儿是怎么回事儿？怎么只有老年人和小孩子。这钟又是怎么了？它是有病了？没劲儿了？还是生你们的气？"

老人家看了小伙子一眼，摇摇头说：

"哎，年轻人，你大概是从远处来的，不知道我们这儿的事情。你看看天空，看到了什么？"

少爷抬头一看，说：

"我看见可怕的乌云，一团一团不断地涌上来。我听见了低沉的雷声。"

"你再向树林那边看看：看到了什么？"

"我看到了一大群人。他们都在那片广大的田地里忙活着。"

"是呵！因为麦子熟了，得赶快收割。这是我们村的公共的田地，我们大家伙儿一齐耕种，收了庄稼以后平均分。今天一早，大家伙儿就都跑到地里忙着收割去了。麦子是好麦，都熟透了，粒儿都要爆出来了。不能不忙，如果不在三天里收完，我们的劳力就都算白费了。"

少爷明白了这个村子为什么空落了，可是那口钟是怎么回事呢？

"你看，乌云要和我们作对。它会跟雷阵雨、冰雹子、大风暴一起来毁坏我们的庄稼。可是乌云害怕钟声，我们要敲那口钟，有钟声的时候，乌云就会薄些，它就没劲儿下大雨和雹子了。既然得敲钟，但是由谁来敲呢？就是这些小孩子们和我们这些老头儿。孩子们气力不足，我们这些老人已经年迈力衰，钟声一小，乌云就会飞过来，下起倾盆大雨，把麦子都打倒在地上，我们全村子的人就得忍饥挨饿了。"

少年一听完老头儿讲的话，立刻跳下马，跑到钟楼上去。

"喂！老大爷们，把绳子给我，我来帮你们敲！"

他抓起绳子，摇动钟锤，当，当，当地敲起来。大钟摇晃起来，把钟楼都震得轧轧地响，声音也大起来，使得空气都震动起来，附近的菩提树枝似乎都急促呼吸着。钟声向四面播送，它飘过荒野，飘过高入云霄的高山，飘到波涛汹涌的大海，飘过长满了麦子的田地。这声音是强有力的，有节奏的：

叮当，叮当！

叮当，叮当！

累就累，

没关系，

做完工，

才休息。

叮当，叮当，

叮当，叮当，

叮当，叮当，

乌云大爷，

不管你多凶悍，

我也要把你敲散！

叮当，叮当！

　　一团团的乌云慌乱起来了，它们从来还没听到过这样有力的钟声。因为它们受不了这样有力的声音，所以就嚷着说：

　　"咱们走吧，快走吧！趁着这个时候还有劲儿逃跑。"

　　说话之间，乌云都躲到山后面去了。

　　这时，蔚蓝色的天空中，出现了金光灿烂的、帮助农民工作的大太阳。

　　少爷一连为这个村子敲了三天三夜的钟，一会儿也没休息。村里的人给他拿来一碗一碗的牛奶和蜂蜜酒，他一面喝，一面敲，人们也三天三夜都没离开过田地，每天都工作到半夜，实在累得做不动了，才倒在地上睡觉，等太阳一出来，又连忙起来继续收割。他们在这三天三夜的时间里把工作做完了；麦子已经收割完毕，并且也都捆好堆好，这样就不怕下雨了。

　　忙完了，大家高高兴兴地唱着歌儿回到村子里，问道：

　　"咱们忙的那三天三夜，是谁给咱们打钟来着？谁把乌云赶散的？谁帮助咱们抢收了麦子?

人们又把少爷抬起,给他送最好的东西吃,答应他:把他们所能够给他的奖励都给他。但是少爷只要求一件事情:让所有的姑娘和寡妇们,把她们所有的靴鞋都送到田里去,给他看看。

结果,他又没找到他那只鞋的伴儿。他又很忧愁地离开了这个村子。

这个少爷在世界上又做了不少的好事情。

在一处他给人修堤筑圩,免得春天洪水到来,冲淹田地;在另一个地方,他从起火的房子里救出几个人来;还在一个地方捉了一个巫师,把他送到一个岛上,不让他再害人。

他处处都要求唯一的奖赏:看看妇女的鞋子。

最后,他还是又忧愁又劳累地回家了。

有一天,灰姑娘在猪圈里一个不小心,把自己的脚给碰伤了,痛得她不知怎样才好。这时她忽然想起那只放在包袱里的金鞋子,就把它穿上,一瘸一瘤地走着。她本想到厨房里找块布,把伤口包起来,恰巧少爷这时坐在台阶上。

"哎哟!天呀!我跑遍了全世界,为的就是找这只金鞋子,哪知道这只鞋子就在自己家里!原来我爱上的人,就是这个灰丫头!"

他的眼不由得发了一阵黑。

可是她这只鞋子,千真万确和他袋子里的那只是完全一样的,完全一样的!

"你这只鞋子,是哪儿来的?你说!"

灰姑娘害怕了。

"少爷,请您别生气……我不是偷来的……我去玩,也是,管家夫人允许我去的。就在那……跳舞地方的门口……柏油里……"

少爷仔细地看着她,头一次好好地看着这个满身都是泥的灰姑娘的脸儿。这可不就是他所爱的那双深绿、明亮的眼睛?这可不就是那个一会儿笑、一会儿因为胆怯而颤动的嘴唇?这可不就是那个美妙悦耳的声音?

"姑娘,这真是你么?你会原谅我、饶恕我么?"

灰姑娘笑起来了。

"看吧！要是我明天早上，亲自把您的早饭给您送到饭厅里，那就算是我不生您的气了！"

第二天一早，灰姑娘收拾得干干净净，头发也梳得整整齐齐，叫了鸽子，到柞树林里去了。她又穿上了第一次出去玩时穿的那套衣服：绣着碎花的细布的上衣，绣金银花儿的天鹅绒背心，大花裙子，带边儿的围裙，颈项上戴着一个珊瑚项圈。

她回到了厨房，没人能认出这位美丽的小姐就是灰姑娘。她倒了一银碗啤酒，用奶油拌了一下，切了一块奶酪，把这些东西送到饭厅。

"现在认识了吧？是我吧？"

一个星期之后，亚贺娜夫人请了所有的街坊邻居，到她家里来吃喜酒——她的儿子和灰姑娘结婚了。

请大家来吃熊肉，

请大家来喝美酒，

请大家来吃熏鹿腿，

请大家来痛饮几杯，

请大家来吃甜面包，

请大家来喝够吃饱，

请大家来听音乐，

请大家来跳舞、唱歌。

婚礼的日子，

大家应该尽情地快乐！

大家在主人的院子里跳了整整一个星期的舞，回家以后，整整一年，还都记得这件事。

有一回，参加那次婚礼的人把这件事讲给我听，现在我又把我所听到的再讲给你们听啦。

两个多罗特加

离这里很远很远，在一座高山后面，在一条大河对岸，有一个小村落，小村落里有一所小白房子，小白房子里住着一个农夫小爪子和他的老婆小爪子大嫂。

他们夫妻俩有两个女儿，名字都叫多罗特加：一个是老头前妻生的，一个是这个老婆带来的。

有一次老婆对老头说：

"我的女儿叫多罗特加，你的女儿也叫多罗特加。叫来叫去常常乱，咱们管你的叫'孤儿'管我的叫'女儿'吧！这样就不会乱了。"

老头听了很不痛快，但是因为他的老婆好吵嘴，又爱闹事，他为了家里平安无事就答应说：

"就这样吧。"

于是就这样了。

小爪子对女儿很好，可是小爪子大嫂对"孤儿"可不好。她把最难的活儿都推到前妻女儿的身上，还常常对她说：

"快一点儿，小懒鬼，灵活点儿，别让我催！"

对自己的女儿却说：

"你歇一会儿吧，睡一下吧，妈妈替你干活。"

这样，一个多罗特加就长成了一个爱劳动的姑娘，另一个却成了一个懒家伙。一个什么都会做，而且做得很快；另一个什么都觉得太难，什么都不想干。

那个"孤儿"老想着她自己的亲爱的母亲。

她在种亚麻田地里除草，亚麻正开着蓝色的花儿，就像一块蓝天从空中飘了下来，在田野之间铺起了一片地毯。"孤儿"一看那开着花儿的亚麻，心里就想：

"妈妈的眼睛也是这样蓝。"

她在田地里割麦子，心里就想：

"这块田地黄得多好看呀！好像是用纯金铺成似的。妈妈的头发也是这样金色的。"

"孤儿"总是这样想念着她的母亲，她的思想引导着她做事。

她看到一个老婆婆背着一大抱干树枝从树林子里出来，那捆树枝压得老婆婆的腰都弯下去了，于是她就想：

"要是妈妈看到这老婆婆，就会帮助她。那么，我去帮助她吧！"

或者当她看到一个孩子在院子里玩沙子，那时正好有一群牛从牧场回来——她就这样想：

"要是妈妈看见的话，就会抱起这孩子，把他送到他的母亲那儿去——免得被牛抵倒！那么我就把这个小家伙送到他母亲那儿去吧。"

她就是这样——能帮助别人的，全都帮助别人，看见谁都是笑眯眯的，说几句好话。

大家都喜欢她，全村的人都赞美她。

小爪子大嫂的亲女儿却总是阴阳怪气地看着大家，不乐意跟别人说话，所以没人喜欢她。

冬天到了，大雪纷飞，严寒逼人，刺骨的寒风刮着。河水停流了，湖面也结冰了。世界变成一片白色，显得十分静寂，在白天，阳光雪地互相映照，似乎闪动着小火花，可是到了夜晚，在月光下，它就显得死气沉沉了。

在这样的一个月夜里，后母对"孤儿"说：

"拿水桶到井边去打点水来灌到缸里，快去快回，已经该锁门睡觉了。

"孤儿"跑到院子里。外边又冷又滑，好容易才走到井边。她打了一桶水，尽力往上拉，手冻得几乎抓不住绳子。她想弯下腰去抓住水桶，这时她的木鞋在冰上一滑，因为井栏很低，她就掉到井里去了！

哎呀，天哪！姑娘不见了，只剩下她的鞋留在井旁边，她自己却掉到井里去了。她从井口往下落，觉得头和耳都嗡嗡直响，自己也不明白是怎么回事儿。直到她碰到了井底，才恢复了知觉。

她一看，因为月亮正高高地在井口上照着——见她面前有一道大门，同打谷场的大门一样，又高又大。她抓住门把一拉，大门就开了。"孤儿"越过了门槛，哎呀！……这道门才真是个门呀，哪一个门也比不上它！冬天也不见了，雪也没有了。太阳温暖地照着，草地上开着花，鸟儿在歌唱着。

她走到一条小路上，顺着这条路一面走着，一面看着，怎样也看不够周围美丽的世界，那样的香气，那样的颜色，空中飘动着那样美妙的音乐——真是说也没法说，用笔也描写不出。

她走到一个十字路口，看见一棵梨树，树上的梨子像满天星斗，把树枝都压得垂到地上，树干都被压弯了。那棵梨树这样诉苦道：

"我苦命，我苦命，

枝子压得酸又痛，

老是不刮风，

梨儿也不动。

枝子压得酸又痛，

说我苦命真苦命。"

"孤儿"听了，就轻快地跳到梨树边去摘梨。她一边摘，一边往草地上摆，摆了一大堆，树枝全都挺起来了，梨树舒服了，显得又轻松，又快活。这时，那棵梨树对她说："好姑娘，你减轻了我的痛苦。我现在又能摇动我的树枝了，叫我的叶子响起来，我又快乐了，你拿几个梨路上吃吧！"

"孤儿"拿了三个梨揣在围裙里，又向前走了。

她又到了另一个十字路口。一看，那里有个烤面包的炉子正在诉苦：

"河水流了多久远，

面包也就烤了多少天，

哪位好心的人把面包拿出来吧，

免得它们的苦处受不完!"

"孤儿"听了，就跳到炉子边去打开烤箱，把所有的面包都拿出来了。

这时炉子就向她说：

"好姑娘，谢谢你把我的面包救出来了，祝你一辈子万事如意。没有你，我的面包就都要烧焦了。你要多少，就拿多少，路上吃吧。"

"孤儿"只拿了一个面包，揣在围裙里，又向前走了。

她一边走，一边吃，说也奇怪，不论她怎么吃梨子，她的围裙里总有三个梨；不管她怎么把面包一块块地吃掉，她的围裙里总有一个圆圆的完整的面包。而且尽管她带着这些东西，可是轻得很，好像围裙里什么东西也没有似的。

她走着，走着，一直走到一所房子跟前。房门前站着一个满口大牙的老婆婆。那个老婆婆一看到她，就问道：

"这位姑娘往哪儿去呀?"

"我哪儿也不去。我就这样走着，走着，看着美丽的世界。"

"你愿不愿意在我这里干活儿?

"愿是愿意，可是我不知道您的活儿，我干得了干不了?"

"得了吧，你当然干得了。我这里的活儿没有什么。只是给我收拾收拾屋子，铺铺我的床铺，给我家的人做做饭罢了。我家的人只有两个：一只小狗，一只小猫。"

"孤儿"笑起来了，她说：

"这还算什么活儿!"

"那么你就住在我这里吧。等你干完了一年活儿，我看你工作的情形，公公道道地给你工钱，那时你就可以回家去了。"

"孤儿"走到房子里，向四面鞠了躬，抚摸了一会儿小猫和小狗，就留下来干活了。

大牙老婆婆每天一清早就出门去，直到太阳落山才回来。

"孤儿"把屋子打扫得干干净净，干净得发亮。她还把枕头和羽毛褥子先放在栅栏上透透风，然后再拍拍打打，把它们弄得松松的，使它们胖得像个番瓜。随后再把它们放在床上，一个摞一个，一直摞到挨近天花板。她又把梯子放在床边，不这样，大牙老婆婆就爬不上床。

她还做饭。她煮了满满的一小锅牛奶小米粥，亲自去喂小猫。又煮了满满的一小锅汤圆，添上些调味汁，亲自去喂小狗。

大牙老婆婆晚上回来一看：见屋子里收拾得干干净净，就像预备过节似的。羽毛褥子一直摞到天花板，小猫在炉子边咪鸣着，小狗在炉子旁边哼哧着，它们俩都吃得饱饱的。

"好孩子，我看你管家管得真不错。"

很快一年就这样过去了。"孤儿"一天也没放松过她的工作，房子天天都收拾得好像准备过节似的。小猫和小狗喂得饱饱的，它们的毛儿又亮又滑，眼睛里闪出快乐的光。

大牙老婆婆把自己的家人叫过来，问它们道：

"小猫、小狗，你们看应该把哪个箱子给这个小姑娘算她的工钱？是那个黑的，还是那个绿的？

"汪汪绿的，"小狗叫着。

"喵鸣，喵鸣绿的，"小猫直叫着。

大牙老婆婆把那个绿箱子拿出来给她，并且还为她送行。"孤儿"又向四面鞠了躬，抚摸了一会儿小猫和小狗，然后才走出门。

大牙老婆婆跟在她的身后，走了几步，摸了摸她的背。忽然，发生了那么大的变化！"孤儿"身上的旧裙子和补丁摞补丁的衫子都不见了，现在她穿的是漂亮的，有响声的衣服了。宽大的绣花裙子，丝绒背心，细布做的绣花衬衫，头上扎着丝头巾，脚上穿着系着红带子的匈牙利皮靴！

就是在画上也没看见过那么美丽的娃娃！

"孤儿"高兴起来了。这让她太高兴了！

　　她谢过老婆婆，拿着小绿箱子往家里跑。但是她连十步都没走到，突然四周轰的一声，刮起一阵大旋风，只转了三次就把"孤儿"吹到自己的院子里，站在井旁边了。她看到父亲、后母和她的女儿正站在屋前。大家都惊奇地看着她，不敢说这位穿着那么漂亮衣服的小姐，到底是不是他们的"孤儿"。

　　她连忙跑到他们跟前，皮鞋后跟咯噔咯噔响着。她向大家很有礼貌的问好。

　　然后她就把她走到了哪里，看到了些什么，干了什么活儿，得来了什么工钱给大家听，一直讲到晚上。

　　他们把绿箱子一打开，看到里面有无数的珍宝，都是从来没见过的好看的东西：珊瑚珠子、琥珀、金刚石戒指、用纯金线绣花儿的带子！

　　哎呀！哎呀！

　　大家睡觉去了，可是谁也睡不着。

　　老头睡不着，他在想应当替他又美丽、又有钱的姑娘，找个什么样的丈夫才合适？

　　老婆睡不着，她在想办法。怎样才能让她的女儿也得到同样漂亮的东西。

　　女儿睡不着，因为嫉妒心不让她睡觉，她在床上翻来覆去地想：为什么这些东西不是我的！不是我的！

　　孤儿也睡不着，因为她在想怎样使用她的财物。打算给父亲买一件暖和的皮袄和一双高筒皮靴，好让他舒舒服服地过冬。还有，这些宝物还可以做什么用？得想什么办法不让老婆婆们做她们担负不了的劳动；不让小孩子们在马路上玩土；想什么办法好，怎么办呢？

　　直到天快亮了大家才睡着。

　　几天以后，小爪子大嫂对她的女儿说：

　　"你也得跳到井里，去找大牙老婆婆，给她干活儿去。"

　　"妈，我害怕呀！"

　　"你怕什么，傻孩子，你也去弄个大宝贝箱子回来！"

她们果然到井旁边去了。小爪子大嫂就把她的女儿推进井去。这个多罗特加落到水里，碰到了井底，看见了大门。她把门把手一拉，跨过门槛，一切都同前一个多罗特加所遇到的完全一样。女儿顺着小路走着，周围是春天，太阳照着，鸟语花香。

她走到第一个十字路口，见了那棵梨树。树上的梨子像满天星斗。树枝都垂到了地上，树干都被压弯了。那棵梨树这样诉苦道：

"我苦命，我苦命，

枝子压得酸又痛，

老是不刮风，

梨子也不动。

枝子压得酸又痛，

说我苦命真苦命。"

女儿听了，一点也不同情。她说：

"我才不管你呢！"摘了几个梨，揣在围裙里，又向前走了。

她走着，走着，又走到了第二个十字路口，看见了那个烤面包的炉子。炉子正在诉苦：

"河水流了多久远，

面包也就烤了多少天，

哪位好心的人把面包拿出来吧，

免得它们的苦处受不完！"

可是女儿一点儿也不同情。她说：

"我才不管你呢！"她耸耸肩，把烤箱门打开，选了一个最好的圆面包，把其余的全都留在炉子里，接着就走了。

走着，走着，那个面包越来越沉。

"我坐下，歇一会儿，吃一点东西吧！"

她坐在树荫下，正要吃面包，一看那个面包变成了一块石头；再一看梨，梨也变成泥球了。这怎么吃呢？她不得不把所有的东西都扔出去。气死她了，饿死她了！

结果她还是走到了那所小房子前面。大牙老婆婆正站在门前，一看到她，就问道：

"这位小姑娘上哪儿去？"

"我是来找活儿干的。"

"你就在我这儿干活儿好不好？"

"当然好呀！"女儿说。这时她心里只想着能弄到那一箱子的财物。

"我这里的活儿没有什么。只是收拾收拾房子，把床铺好，把小狗小猫喂饱。等你干完了一年的活儿，我看你工作的情形，公公道道地给你工钱。那时你就可以回家去了。"

她们走进房子去了。女儿用手把小猫一推，用脚把小狗一踢。

"你们甭枉费心机了，我才不会跟你们这些坏东西受累呢！"她心里想。

她只想看到那个她打算得到的箱子在哪里。

大牙老婆婆工作去了。女儿煮了一锅粥。她自己吃饱了，可是小猫小狗一点都没喂，让它们饿着肚子并赶到外面，自己睡觉去了。

晚上大牙老婆婆回来了，家里什么都没准备好。床没铺好，地板也没擦，没洗干净的粥锅就在屋子中间摆着，小猫、小狗都不见了，这个懒姑娘到花园里的苹果树底下睡着了。

"好姑娘，我看你倒很会对付事儿！"

就这样一天又一天、一星期又一星期，一个月又一个月过去了。女儿只顾她自己。屋子里脏呀，乱呀，她全不管。老鼠在脚底下乱跑，枕头和褥子揉成一团。小狗和小猫的身子蜷缩起来了，它们的尾巴都秃了，眼睛都流脓了。它们自己到田地里，到树林里去找吃的，碰到什么就吃什么。

一年就这样过去了。

大牙老婆婆把自己的家人叫过来，问它们道：

"小猫，小狗，把哪个小箱子给这个姑娘算她的工钱？是那个绿的呢，还是那个黑的？"

"汪汪黑的，"小狗叫道。

“喵呜，喵呜，黑的，”小猫叫道。

大牙老婆婆就把黑箱子拿出来，给她，并为她送行。女儿对小猫、小狗一句好话也没讲就走出门去。大牙老婆婆跟着她一起走，摸了摸她的背。忽然，奇怪得很：不知什么软膏流在女儿身上了，从头到脚，这是树脂不是？

她紧紧地抓着箱子拼命向前跑，但是她连十步都没走到，突然周围刮起了一阵大旋风。只转了三下，就把女儿吹到自己的院子里，站在井旁边了。她看到后父、母亲和“孤儿”在门前等着她。

母亲把手一拍，大声叫道：

“女儿呀，你在哪里把身上弄得这样脏？你把漂亮的衣服掉到哪里了？”

她急忙抢过箱子，想看看里面有什么财宝！箱子打开了！哪里有什么财宝？只有一些青蛙、癞蛤蟆、蛇、壁虎爬了出来，弄得满院子爬来爬去都是这些东西。

“原来你弄了这样好的嫁妆回来了！”

在一座高山后面，在大河对岸，有一个小村落，这个小村落里有一所小白房子，在这所小白房子里音乐队奏着音乐，姑娘们唱着歌，老婆婆们拍手又开心……

是哪一家在那儿过节？

原来是“孤儿”和铁匠结婚！

后母和女儿不愿看“孤儿”和铁匠的婚礼，出门走了。后来她们的下落究竟怎样，谁也不知道了。

这个小故事你爱听也好，不爱听也好，我是把它讲完了！